술과 슈베르트의 음악은 재상이를 더욱 슬프게 만들었다.
그녀를 처음 만날 때 운명과도 같다고 느꼈던 순간들.

세부의 여인

황인호

메르세데스 골프장

까사델마 석양

아스펜 하우스

세인트 빈센트 페러의 성당

목차

프롤로그　　　　　　　　　　　　6

1. 예스터데이　　　　　　　　　10

2. 페어웨이　　　　　　　　　　34

3. 어지러운 마음　　　　　　　64

4. 까사델마　　　　　　　　　　80

5. 인연(因緣)의 시작　　　　　98

6. 아다지오　　　　　　　　　　　124

7. 거짓말　　　　　　　　　　　　150

8. 아스펜 하우스　　　　　　　　　194

9. 소피아의 고백(告白)　　　　　　222

10. 도망자　　　　　　　　　　　　264

11. 탈옥(脫獄)　　　　　　　　　　284

12. 카르마　　　　　　　　　　　　306

프롤로그

소설 『세부의 여인』은 중년 남성의 방황과 이국적인 로맨스를 통해 인간의 욕망, 집착, 그리고 운명적 고통이라는 묵직한 주제를 다루고 있습니다.

이야기는 은퇴 후 삶의 목적을 잃고 권태에 빠진 주인공 '재상'이 필리핀 세부로 떠나는 일탈에서 시작됩니다. 열대 적도의 땅, 낯선 사람들 속에서 만난 캐디 '소피아'는 재상의 삶에 폭풍 같은 설렘을 몰고 오지만, 그녀의 삶에 얽힌 어둡고 비극적인 현실은 독자에게 단순한 로맨스 이상의 충격을 안겨 줍니다.

특히, 소피아가 겪어야 했던 사채업자의 착취, 사랑하는 남자의 수감, 그리고 아이를 위해 원치 않는 일까지 감수해야 했던 고백 장면은, 그들의 관계가 개인적인 욕망을 넘어선 카르마처럼 느껴지게 합니다. 재상의 일탈은 결국 중년의 권태를 해소하는 가벼운 여행이 아니라, 타인의 고통스러운 운명과 정면으로 부딪치며 자신의 내면을 들여다보는 혹독한 여정이 됩니다.

소설의 배경이 되는 세부의 아름다운 자연, 그와 대비되는 지정학적인 화산과 지진, 그로 인해 교도소 붕괴와 탈옥이라는 극적인 사건들은, 주인공들의 감정선을 더욱 격렬하게 만듭니다. 순수한 사랑을 갈망하는 재상, 비극적인 운명에 갇힌 소피아, 그리고 질투에 눈먼 주 사장의 행적은 결국 '라파엘의 죽음'이라는 비극으로 치달으며 이들의 인연이 결국 상실과 고통으로 마무리될 수밖에 없음을 암시합니다.

  마지막 장면에서 재상이 소피아에 대한 걱정과 집착에서 벗어나지 못하고 괴로워하는 모습은 깊은 여운을 남깁니다. 그는 잠시나마 일상에서 벗어났지만, 결국 새로운 집착과 상실감이라는 더 큰 굴레에 갇히게 됩니다. 이는 인간의 인연(因緣)이란 결국 자신의 의지와 상관없이 맺어지고, 쉽게 끊어 낼 수 없는 운명적인 끈으로 이루어져 있음을 보여 주는 듯합니다.

  『세부의 여인』은 이국적인 배경 속에서 중년의 심리를 현실적으로 그려 내면서도, 필리핀 여성의 고단한 삶을 통해 인간의 보편적인 아픔과 연민을 동시에 전달하는, 씁쓸하면서도 매혹적인 우리의 이야기라 할 수 있습니다.

The Woman of Cebu Prologue

The novel The Woman of Cebu delves into profound themes of human desire, obsession, and fateful suffering, portrayed through the wandering of a middle-aged man and his exotic romance.

The story begins with Jaesang, a man who has lost all sense of purpose after retirement, embarking on an escapist journey to Cebu, Philippines. Amid the tropical heat and unfamiliar faces, he meets Sophia, a young golf caddie whose presence sweeps into his life like a storm of passion. Yet, the dark and tragic reality behind her life delivers a shock far beyond a mere romance.

Sophia's painful confessions—of exploitation by loan sharks, her lover's imprisonment, and the humiliations she endures for her child's survival—reveal a bond between her and Jaesang that feels less like chance and more like karma. What begins as Jaesang's impulsive attempt to escape his midlife ennui transforms into a brutal confrontation with the pain and destiny of another human being—a journey not of pleasure, but of spiritual reckoning and self-discovery.

The vivid landscape of Cebu—its tropical beauty contrasted against its volatile volcanic and seismic geography—sets the stage for dramatic events such as a prison collapse and a desperate escape, mirroring the emotional turbulence of the characters. Jaesang's yearning for pure love, Sophia's entrapment in tragic fate, and the jealous pursuit of Mr. Joo, consumed by envy, all converge toward the ultimate tragedy: the death of Raphael, sealing their intertwined destinies in loss and despair.

In the final scene, Jaesang remains tormented by his obsession and guilt toward Sophia. Though he has briefly escaped his ordinary life, he finds himself trapped in an even greater cycle of attachment and emptiness. The novel suggests that human relationships—what we call "inyun" (Network) (karma or destined connection)—are not bound by will, but by invisible threads of fate that are nearly impossible to sever.

The Woman of Cebu is at once bitter and mesmerizing—a story that, beneath its exotic setting, lays bare the fragile psychology of middle age and the universal pain and compassion of human existence through the eyes of a weary Korean man and a struggling Filipino woman.

1. 예스터데이

아침 뉴스에 의하면 올해 여름은
우리나라 기상청이 기상 관측을 시작한 1907년 이후
가장 더운 것으로 나타났다.

오늘도 습관적으로 새벽에 일어나 아침도 거르고
현관문을 나서다 멈칫한다.

'내가 왜 이러지?
아차! 내가 은퇴를 했지.'
재상이는 수십 년 동안 다니던 직장을 퇴직하였다.
아직 사지와 정신이 멀쩡한데도 제도와 회사 정책에 의하여
자신의 의지와 상관없이 퇴직을 하였다.

어제까지 아침에 눈을 뜨면 가야 할 공간이 있었는데
익숙한 공간이 사라졌다는 사실을 깨단는 데까지는
두 해가 조금 더 걸렸다.

이렇게 집에 눌러 있는 시간이 길어지자 마누라의 잔소리와
눈치가 무거워지기 시작했다.

"당신 늙어서 보자."
마누라의 농담이 무슨 뜻인지 이제야 실감하고 있는 것이다.
결국 재상이는 황혼 이혼이라는 것을 고민하다 결국
마누라와 합의하고 이혼 날짜를 기다리고 있었다.

"재상아, 이혼하면 말년에 너만 손해야. 철없는 짓 그만하고
'잘못했습니다.' 하고 바짝 엎드려 살아.
그래도 마누라가 해 주는 밥 먹으면서 사는 게 최고야."
이혼 전문 변호사 친구가 재상이를 달래며 충고해 준 말이 떠올랐다.
하지만 한번 정한 마음을 되돌릴 생각은 없었다.

얼마 전 세계보건기구도 전혀 예상하지 못했던 코로나19 팬데믹은
또 다른 울타리가 되어,
몇몇 친구들과 나누던 그 작은 자유마저 박탈해 버렸다.

가끔은 필드 골프가 그리워 스크린 골프장에서
시간을 보냈다.

코로나19 상황이 악화되면서 보건 당국은
스크린 골프장의 영업시간을 밤 9시까지로 제한했다.

업주들의 반발이 계속되자 이번에는 백신 접종 완료자만 이용 가능하다고 지침이 바뀌었고,

얼마 지나지 않아 다시 마스크 착용자라면 누구나 이용 가능하다고 했다.

정책의 기준과 방향이 시시각각 바뀌다 보니 현장은 혼란스러울 수밖에 없었다.

그동안 우리나라는 수많은 전염병을 겪었지만,

여전히 사후 약방문식 대처에서 벗어나지 못했다.

일관된 매뉴얼의 부재가 가장 큰 문제라고 생각했다.

재상이는 감기나 코로나19에 걸린 것도 아닌데

마스크를 쓴 채 스크린 골프장에서 필드를 향해 드라이버 샷을 날렸다.

어느 날 필드 골프장은 실외 스포츠로 분류되어 락커 룸과 샤워장 사용이 금지되었다.

아니, 실외 골프장인데 운동 후 샤워를 못 한다는 것이 말이 되냐며

여론이 들끓자 얼마 지나지 않아 또다시 정상 운영되었다.

정책이 바뀔 때마다 업계도, 이용자도 혼란을 겪었지만

정작 왜 그런 기준이 적용되는지에 대한 설명은

어디에서도 충분히 들을 수 없었다.

7월, 여름이 본격적으로 시작되던 어느 날.
재상이는 집 안 청소를 하다가, 얼마 전 출산한 큰딸의 손자 사진이
눈에 띄었다. 그런데 손자의 이름이 쉽게 떠오르지 않는다.
'아, 이제 내 기억도 나를 서서히 떠나고 있구나!'
재상이는 소파에 앉아 지나가는 세월을 아쉬워했다.
아내가 퇴근하기 전, 잠시 티 안 나게 에어컨을 켜 놓는다는 게
그만 깊은 잠에 빠지고 말았다.

지중해의 어느 파라솔 아래에서 단잠을 즐기는 꿈을 꾸는데,
'드르륵' 하고 문 여는 소리가 들렸다.
재상이는 본능적으로 에어컨 리모컨부터 찾았다.

"으이그~
오늘 하루 종일 에어컨을 얼마나 틀어 댔으면
온 집 안이 이렇게 얼음장이야!"

현관문을 들어서자마자 점령군처럼 큰소리치는 아내 앞에서,
재상이는 겁먹은 강아지처럼 아무 말도 하지 못하고
벽에 걸린 시계를 쳐다보았다.

잠시 눈 감은 게 20~30분 정도밖에 안 된 걸 확인하고는,
"야! 얼마 안 틀었어!"
하고 외치고 싶었지만 속으로만 투덜거리며 서재로 들어갔다.

"으이그! 내가 빨리 여길 떠나야지."
재상의 '서재'라고 해 봤자, 보통 아파트 세탁기가 놓여 있는
작은 골방이었다.
그 안에 책장 몇 개를 들여놓고, 좋아하는 책들로 채워
그나마 서재처럼 꾸민 것이었다.

그래도 이 작은 공간이 재상이에게는 세상에서
가장 소중한 낙원이었다.
다만, 아내의 잔소리만 없다면 그만인데.

이탈리아 로마 바티칸 시국, 시스티나 예배당에 있는 그 유명한
「최후의 심판」 벽화를
그리기 시작한 미켈란젤로의 나이가 62세였다.
그 나이에 재상이는 이미 모든 일에서 손을 놓고, 아내 눈치나 보며
살고 있었다.

"내가 빨리 새로운 인생을 찾아 떠나야 하는데…."
재상이는 독백하듯 혼잣말을 내뱉었다.

사실 그는 오래전부터 떠나고 싶었다.
은퇴 전에는 회사에 자신이 없으면 조직이 멈출 것 같아
휴가 한번 제대로 떠나지 못했지만, 그것은 철저히 혼자만의 착각이었다.

자신이 없어진 회사는 오히려 더 잘 굴러가고 있다.

"회사는 잘 굴러가고 있냐?"
내심 "이사님 없으니 회사가 엉망이에요."
라는 소리를 듣고 싶었으나
"걱정 마세요. 이사님 없으니 더 잘 굴러가고 있어요."
직장 후배의 한마디는 몹시 씁쓸했다.

이제는 아이들도 다 컸고, 어디든 자유롭게 떠날 수 있다.
하지만 용기가 없다.

그때, 핸드폰 진동 소리가 주방에서 요란하게 울리고 있었다.
'웅~ 웅~ 웅~'
"누구지?"
핸드폰 화면에 상대방 이름이 크게 떴다.
철식이었다.
재상이는 마누라 눈치를 보며 서재로 조심스레 들어갔다.

철식은 재상의 초등학교 친구로, 전에는 가끔 골프도 함께 치는 사이였다.
면사무소 방위로 시작해 면장까지 지내고 은퇴했으니,
꽤 오랜 세월을 국가에 충성한 친구다.

퇴직 연금에 부모에게 물려받은 재산까지 잘 지켜, 재상이에 비하면
훨씬 여유로운 삶을 살고 있다.

"어, 웬일이야?"
"어! 잘 지내고 있었어? 여름휴가 안 가냐?"
"어, 갈 거야. 애들이 남해 근처 콘도 예약해 놨다고 해서,
식구들이랑 같이 갈 예정이야."
재상이는 자신이 아직 죽지 않았다는 표현을
유치하게 철식이에게 자랑하고 있었다.

재상이는 얼마 전 사위와 딸이 공무원 콘도를 예약해 함께
휴가를 가기로 약속했었다.
하지만 갑작스레 손자가 아프다는 이유로 휴가는 취소되었다.
그런데 그 이야기는 하지 않았다.

"언제 가는데?"
철식이가 재상의 여행 일정을 물었다.
"어, 7월 21일. 금요일인가 출발이야."
"아~ 그래? 사실 말이야, 내가 8월 1일에
정호 알지? 고향 친구.
그 친구가 필리핀에 콘도를 가지고 있는데,
같이 갔으면 해서 전화한 거야."

철식은 숨도 쉬지 않고 이어 말했다.
"그린피, 아침·점심·저녁 세 끼, 카트비까지 다 포함해서 하루 7만 원이야. 도시락도 있어."
"뭐? 도시락?"
"어. 얼마 전 만나는 여자애가 있는데, 그 애가 자기 친구랑 해외 골프 여행 가고 싶다고 해서 세부로 같이 가기로 했어."

이놈이, 바쁘다더니 할 짓은 다 하고 다니네.
재상이는 솔직히 부러웠다.

"세부라고?"
"세부 북부 메들린이야."
"메들린? 거긴 잘 모르는 곳인데."

세부는 한국 사람이 많이 찾는 동남아 휴양지이다.
남쪽의 모알보알은 거북이와 정어리 떼 그리고
스노클링으로 유명하고 오슬롭 고래상어는
이곳이 세부라는 것을 느끼기에 충분한 곳이다.
그곳은 재상이가 오래전에 갔던 곳이다.

북부에는 말라파스쿠아섬과 반타얀섬이 있다.
골프 여행지가 북부라는 말에 귀가 솔깃하였다.

"너 요즘 머리 복잡하잖아.
머리도 식힐 겸, 오염된 도시를 벗어나 보자.
이제 살면 얼마나 산다고 그러냐?"

가진 자들은 본인의 계획대로,
떠나고 싶을 때 언제든 떠날 수 있다.
하지만 재상은 이미 과거의 재상이 아니었다.
화려했던 과거는 이제 어제의 일, 예스터데이(Yesterday)인 것이다.

그런 상황에서 철식의 제안은 거절하기 어려운 유혹이었다.
"알았어, 생각 좀 해 볼게."
"생각 말고, 갈 거야 말 거야?
너 아니면 다른 놈 찾아야 해."
철식이는 답을 재촉했다.

'가고 싶다.' 하지만 문제는 돈이다.
가지고 있는 이 적은 돈은 용도가 따로 있다.
참자, 참아야 하느니라.
그동안 재상이는 스스로를 아직 새파랗게 젊다고 생각하고 있었다.
그러나 현실은 냉혹했다.

여기저기 재취업 자리를 알아봤지만 돌아오는 말은 늘 같았다.
"경력은 훌륭한데, 나이가 좀…."

그렇게 백수 생활이 2년을 넘기자, 재상이는 어느새 자신감마저
서서히 잃어 가고 있었다.

그런 와중에 철식의 제안은 재상의 마음을
대책 없이 흔들었다.
"야~ 뭘 그렇게 생각하냐? 도시락도 준비됐는데 같이 가자."

재상은 인생을 살면서 수많은 유혹과 싸워 왔다.
하지만 언제나 균형을 지키려 노력하였다.
그 덕분에 지금까지 버틸 수 있었던 것이다.

그러나 이번 유혹은, 이 순간이 지나면 다시는 오지 않을
기회라는 생각이 들었다.

거절하면 그만인데, 그게 쉽지 않다.
재상은 이미 마음속으로 철식이 제안을 받아들이고 있었다.

언젠가 '일탈'에 대해 생각해 본 적이 있다.
한 번의 일탈이 인생에 어떤 영향을 미칠지는 몰라도
분명한 건, 적지 않은 리스크가 따른다는 것도 알고 있다.

하지만 감출 수 없는 야릇한 호기심과 예상치 못한 결과를 은연중
바라고 있었다.

알 수 없는 기대감과 흥분이
재상의 마음을 슬그머니 끌어올리고 있었던 것이다.

아내를 처음 만났을 때 느꼈던 설렘과 아릿한 감정은
빛바랜 추억이 되어 앨범 속에 넣어 둔 지 오래다.

"에이, 알았어."
마지못해 가는 척 대답을 하자,
"그럼 여권 사진 찍어 보내. 계좌 보낼 테니
거기로 항공료 입금하고!"

"야! 근데 필리핀 가기 전에 도시락 얼굴이라도 한번 봐야
하는 거 아니냐?"
"알았어, 그럼 내가 스크린 하나 예약하고 전화할게."
"야! 무슨 스크린이야. 필드로 하자."
버스비도 힘겨워하는 주제에, 재상이는 큰소리부터 치고 있었다.
정작 쉬고 싶을 때 쉴 수 있는 사람이, 과연 몇이나 될까?
재상이는 여유 있는 친구들이 부러웠다.

통화가 끝난 후, 재상이는 오랜만에 서울 근교 골프장
홈페이지를 찾아보았다.
부킹 사이트에 나와 있는 가격을 보고 눈을 의심했다.
"미쳤군, 미쳤어. 퍼블릭 그린피가 평균 25만 원,

"주말엔 30만 원? 이게 말이 돼?"
골프 대중화를 외친 게 언젠데, 오히려 10년 전보다
더 비싸진 게 아닌가.
물가 상승률을 한참 웃도는 수준이었다.
심지어 부킹 사이트에서는 대놓고 '남녀 동반 플레이'를
유도하고 있었다.
캐디피, 카트비, 식대, 애프터로 맥주 한 잔,
그리고 노래방까지 더한다면
견적이 얼마나 나올지 가늠조차 안 되었다.

직장 다닐 땐 회사 법인 회원권을 사용하여
크게 느끼지 못했던 부담감이었다.
이 돈이면 필리핀에서 황제 대우를 받을 수 있을 텐데.
"정부는 대체 뭐 하고 있는 거야?"
자신도 모르게, 재상이는 정부 탓을 하고 있었다.

다음 날 새벽, '까톡' 소리와 함께 카카오톡
메시지가 도착했다.
'인천-세부 항공 요금 65만 원 계좌번호 000-0000-000 지철식'
재상이는 한숨을 쉬었다.
'티켓값이 이렇게 비쌌나…. 미리 예약했으면 반값이었을 텐데.'
이래저래 걱정거리만 사서 만들었다.

일은 하지 않고 집에 있으면서 놀러 다닐 궁리만 한다고 할 텐데
더군다나 새벽에 골프 백을 들고 나가면서 아내에겐
뭐라고 말해야 하나?
서로 대화는 없지만 아직은 한집에 살고 있기에 불편하였다.
일주일이 지난 화요일. 재상의 핸드폰이 다시 울렸다.
"재상아! 다행히 용인 근처 회원권 있는 친구 덕에 예약했어.
티업 시간은 6시 30분이야.
골프장에서 만나든지 하자."
"그래? 근데 나 지금 차가 없어."
"뭐? 무슨 일이야?"
"사정이 좀 생겼어."
얼마 전 급히 돈이 필요하여 타고 다니던 차를
중고차 시장에 팔았는데 굳이 말하고 싶지 않았다.

"그럼 우리 집으로 와. 같이 가게.
내 여자 친구는 우리 동네 살고 있어서 내가 픽업하기로 했어.
그리고 다른 여자애는 송파 사는데, 걔는 따로 온대."
"알았어, 그럼 내가 택시 타고 너희 집으로 갈게."

20년이 지났지만, 골프장 가기 전날은 늘 설렌다.
이제는 초월할 때도 됐건만, 그게 안 된다.
더구나 이번 라운딩은 새벽 6시 반 티업이다.
초보 시절에는 새벽이든 야간이든 가리지 않고 다녔는데

언젠가부터 새벽 라운드는 피하게 되었다.
구력의 문제가 아니라 이젠 나이가 문제라고 생각했다.

재상이 집에서 철식이 집까지는 택시로 약 40분 걸린다.
철식이 집에서 골프장까지 2시간 잡으면 적어도 3시에는 일어나 나가야 한다.

재상이는 새벽 3시에 알람을 맞춰 놓았다.
알람이 울리자 간단히 세수를 하고 왼손엔 보스턴 가방, 오른쪽 어깨엔 골프 백을 메고 도둑고양이처럼 조심스레 현관문을 열었다.

그때, 아들이 키우는 강아지가 쏜살같이 달려와 재상의 앞을 막으며 요란하게 짖기 시작했다.
가장 만만한 상대에게 짖어 대는 강아지.

처음 재상이 집에 왔을 때만 해도
그 소리는 가늘고 어린 강아지의 소리였다.
하지만 지금은 강아지의 짖음도 세월 따라 굵고 거친 소리로 변해 있었다.
그 굵고 거친 소리가, 재상의 앞을 막아선 것이다.

강아지 짖는 소리에 잠에서 깬 아내가 눈도 제대로 뜨지 못한 채
"이 새벽에 무슨 일이야!"

재상이는 아무 대답도 없이 조용히 현관문을 열고 나섰다.
아내의 목소리도 처음 만났을 때는 나긋나긋하고
다정했었는데 세월과 함께 거칠고 매력 없는 소리로 변해 있었다.

카톡으로 신청한 택시는 외곽 도로를 타고 홍은동
철식이 집으로 정상 시간보다 빠르게 도착하였다.
집 앞에 서 있던 철식이가, 반갑게 재상을 맞이했다.
트렁크에 재상이 백을 싣고,
철식이는 여자 친구를 태우기 위해
근처 5분 거리에 있는 편의점으로 차를 몰았다.
처음 보는 그녀와 간단히 눈인사를 나누는 사이,
철식은 그녀의 골프 백을 제네시스 트렁크에 실었다.

차에 타서 내비게이션에 골프장 주소를 찍고 외곽 도로를 탔다.
그때 철식이 여자 친구의 핸드폰 컬러링이 들렸다.
핸드폰 컬러링은
슈베르트의 「세레나데」였다.
슈베르트의 「세레나데」는 슈베르트가 부모의 반대로 헤어진
첫사랑 테레즈를 그리워하며 작곡한 곡이다.

그녀가 이 곡을 컬러링으로 택한 이유는
분명 사랑을 그리워하고 있을 거라 생각했다.

음악은 그 사람의 성향이나 성격을 미리 점칠 수 있다.
그녀는 분명 조용하고 품위 있는 여자라는 생각이 들었다.

전화 내용상 골프장으로 직접 가기로 한 여자 친구가
사정이 생겼으니 집으로 와 달라는 거였다.

"안녕하세요? 저는 박경희라고 해요."
그제야 차 안에서 철식이 여자 친구와 정식 인사를 하였다.
밝은 표정에 사투리 하나 없는 서울 말씨에 단정한 복장.

친구를 보면 그를 알 수 있다고
잠시 후 만날 여인을 기대하며 피곤한 눈을 잠시 감았다.

철식이 차는 성수대교를 지나
어느덧 여자 친구 집 근처에 도착하였다.

"여기 잠깐 기다리세요."
철식이 여자 친구가 말도 끝나기 전에 친구 집으로 뛰어갔다.
철식이는 차에서 내려
습관적으로 전자 담배를 하나 물더니 한마디 하였다.

"여자는 언제나 피곤해~"
"그런 너는 왜 매일 여자 타령이냐?"

철식이는 대답 대신 알 수 없는
미소를 지으며 담배 연기를 내뿜었다.

재상이는 잠시 후 나타날 여자가 어떤 여자일까 궁금하였다.
보통 여자들은 자기보다 매력이 없는
친구를 데리고 다닌다.
하지만 재상이는 좋은 쪽으로 생각을 하기로 하였다.

'최소한 철식이 여자 정도는 되겠지.' 생각하며 기다리는데
골목 가로등 사이로 눈이 부실 정도로 우아한 여인이
여름을 뽐내며 나타났다.
아우라가 있어 보였다.

푸른 바다색 짧은 원피스에 풍만한 가슴이 살짝 드러나 보이는데
그것만으로도 재상이는 숨이 막혔다.

그 위에 걸친 하얀 망사가 꽤나 잘 어울려 보였다.
그 모습은 마치
미의 여신 아프로디테가 이 시대에 산다면 이런 모습일 거라는
생각이 들 정도였다.

순간 재상이는 차에서 용수철처럼 튀어 나가
철식이가 받으려는 그녀의 백을 낚아채 받았다.

그리고 트렁크에 백 4개를 퍼즐 맞추듯 집어넣었다.
제네시스는 벤츠나 BMW 못지않게 잘 만들었다.

"그래, 이 정도는 돼야 내 여자 자격이 있지."
"안녕하세요! 저는 송지수라고 해요. 우리 둘은 서울여고 동창이에요."
"아! 그래요? 이름도 예쁘시네.
철식이랑 나는 불알친구입니다."

그녀의 이름은 송지수. 목소리는 사춘기 시절 잠 못 들게
만들었던 심야 라디오 프로그램 「밤의 플랫폼」 성우를 닮았다.
그 순간, 재상이는 이미 여행의 반은 떠난 느낌이었다.

백수인 재상이는 자신을 어떻게 소개할지 고민하다가,
무심코 농담처럼 말했다.
"사업가 김재상입니다."
"어!"
"매출이 없는 사업가야."
옆에서 철식이가 장난으로 한마디 하였다.

"이번 필리핀 여행 같이 가시는 거죠?"
"네, 그럼요."
이 말은 재상이가 먼저 하고 싶었는데,

그녀가 먼저 물어보았다.

재상이는 지수가 마음에 들었다.
아니, 마음에 든 정도가 아니라 첫눈에 '뿅' 가 버렸다.
피곤함도 언제 그랬냐는 듯 사라지고 온몸에서
아드레날린이 솟구치기 시작했다.

송지수는 처음 만나는 재상에게 손을 내밀었다.
그녀의 부드러운 손을 잡는 순간,
재상이는 가운데가 아이언보다 더 단단해지는 걸 느꼈다.
'아니, 이놈이 왜 이러지?'

지수에게는 아내의 잔소리 같은 그림자가 전혀 느껴지지 않았다.
지수라는 여자는 재상이를 하루에도 몇 번을 녹일 수 있는
애교가 넘쳐 나고 있었다.
'아! 이 여자라면 내 마지막 인생을 투자해 볼 만해.'
지수의 생각은 묻지도 않고 재상이 혼자 지수의 인생을 자신의
계산 속에 넣어 버렸다.

긴 생머리와 40대 중반 정도로 보이는 마스크.
더군다나 가수 수지 같은 이미지지만 훨씬 성숙한
모습이 더 예뻐 보였다.
조용하던 재상의 입꼬리가 절로 풀렸다.

그리고는 인연에 대해 말을 꺼냈다.

"모든 인연에는 때가 있는 법입니다.
때가 되면 이루어진다는 뜻입니다.
불교에서는 인과 연이 합하여질 때 인연이 시작되는 것이고
인과 연이 사라지면 인연이 끝나는 거라 하였습니다.
인연이 있다면 멀리 있어도 만나게 되지만 인연이 없으면
가까이 있어도 만날 수 없는 겁니다.

지수 씨! 우리의 인연은 이제 시작이고
'한 번 만나고 못 만나게 되는 일 없기'입니다."

"아니 오빠! 여태껏 한마디도 하지 않더니."
박경희는 처음 본 재상이에게 오빠라고 불렀다.
하지만 지수는 재상이를 오빠라고 부르지 않고
그냥 재상 씨라고 불렀다.
재상이는 지수가 자신을 재상 씨라고 부르는 게 싫지 않았다.

갑자기 재상은 창밖을 향해 소리쳤다.
"야~호!"
그리고 말했다.
"전요, 마음에 드는 여인이 있으면 소리를 지르고 싶어져요."
"뭐요? 호호호!"

지수는 하얀 손으로 입을 가리고 교양 있게 웃었다.
어느덧 내비게이션이 골프장 근처를 표시하고 있었다.
"저 앞에 식당에서 아침 먹고 들어가죠."
경희가 간판을 보며 말했다.
메뉴는 김치찌개 하나였다.
선택의 여지 없이 김치찌개 4인분을 주문했다.
"이게 4인분이야?"
재상은 배가 몹시 고팠다.
골프장 근처 식당은 대체로 맛있는 식당이 많다.
하지만 양이 문제였다.
배가 고픈 재상에겐 아무리 많은 음식도 부족해 보였다.

수저를 들며 그는 잠시 망설였다.
'예전에 공 치기 전 너무 많이 먹었다가
공이 안 맞았던 적이 한두 번이 아니었다.'
하지만 식욕이 이성을 이기고 있었다.

'에이, 먹다 죽은 놈은 때깔도 좋다는데.'
"사장님, 여기 공깃밥 하나 더 주세요."
그러자 지수가 조용히 말했다.
"재상 씨, 더 시키지 마세요.
저 이거 반도 못 먹었으니 제 거 드세요."
"어, 그래!"

재상은 수지의 밥을 김칫국에 말아 한입에 후루룩 털어 넣었다.
"오빠, 이러다 늦겠어요!"
철식이 여자 친구의 다급한 목소리에
네 사람은 서둘러 식당을 나섰다.

골프장 입구는 경비 아저씨가
들어오는 차마다 거수경례를 하고 있었다.

얼핏 재상이 나이 정도로 보였다.
"저 양반도 바르게 산 사람이야. 아마 옛날에는 한가닥 했을 거야!"
요즘 골프장은 인건비를 줄이려고 하는지 몰라도
거수 경례를 하는 경비를 찾아볼 수가 없다고 철식이가 한마디 했다.
프런트에서 락커 번호 종이를 받고,
골프복으로 갈아입은 뒤 아래층으로 내려가자
이른 아침임에도 불구하고 수많은 골프 마니아들이
설렘 가득한 얼굴로 순서를 기다리고 있었다.

제 눈에 안경인가, 그중 가장 눈에 띄는 여자는 역시 지수였다.
골프복 역시 파란 반팔 티에 푸른색 파도 모양의
짧은 치마는 파도 소리가 들리는 듯 재상이의 마음을
흔들기에 충분하였다.

'말년에 이런 여자를 내가 만나다니.'
오랜만에 괜찮은 여자를 만났다는 생각에 재상은
카트 뒷좌석에서 손거울을 들고 있는 지수 옆으로 갔다.
갑자기 맥박이 빨라지고 있었다.
'내가 왜 이러지? 내 나이가 몇인데.'
가슴을 진정시키려 재상은 아랫배에 힘을 주고
캐디가 인사하기 전에 먼저 인사를 했다.
"잘 부탁합니다."

2. 페어웨이

'아~ 얼마 만에 맡아보는 필드 냄새인가.'
재상이는 흙냄새, 풀 냄새, 상쾌한 공기까지
전부 폐 깊숙이 들이마셨다.

더구나 지수와 함께 있다는 사실만으로도 모든 것이 꿈만 같았다.
흥분과 설렘이 뒤섞여 어깨가 절로 올라갔다.

"오빠, 핸디가 어떻게 돼요?"
경희가 묻자, 기다렸다는 듯 철식이 먼저 받아쳤다.

"재상이는 80대 초반, 나는 80대 후반."

"야! 그건 옛날 스코어야."
재상이는 괜히 손사래를 쳤다.
사실 요즘 골프채도 잘 안 잡았기에
80대 초반이라는 말은 부담스럽기 짝이 없었다.

그러자 지수가 웃으며 말했다.
"오빠, 그럼 우리 편 먹고 저녁 내기해요~"
"내기?"
재상의 눈이 동그래졌다.
"핸디가 어떻게 되는데?"

철식이 상황 정리를 해 줬다.
"경희는 너랑 비슷해. 얼마 전에 쳤는데 꽤 잘 치더라."

재상이는 바로 지수에게 물었다.
"지수 씨는 몇 개 치세요?"
지수는 태연하게 말했다.
"저요? 뭐, 보기 플레이어 정도예요."

재상이는 피식 웃으며 말했다.
"그래요? 지수 씨가 원한다면 뭐, 한번 해 보죠."

골프장은 새벽 온도 차이 때문에 안개가 자욱하였다.
새벽안개를 가르며 카트가 1번 홀에 도착하자 캐디 언니가
가벼운 워밍업을 주문하였다.

하늘을 향해 두 팔을 벌리고 '하나, 둘' 그 소리와 함께 안개 낀
하늘을 향해 모두 워밍업을 시작하였다.

다음 동작으로 양손을 발끝에 대고 머리를 숙이자 아까 먹은
김치찌개가 불편해지기 시작했다.

이래서 조금만 먹어야 했는데,
많이 먹지도 못하는 게 식탐은 많아서….
재상이는 자신을 질책하며 티 박스에 티를 꽂았다.

안개로 인하여 그린은 보이지 않고
저 멀리 방향 지시등만이 깜빡이고 있었다.
"저기 반짝이는 등 보이시죠?"
캐디는 불빛 방향으로 공을 보내라고 하였다.

"아!"
지수도 보고 있는데 멋진 드라이버 샷을 날려야지.
재상이는 마누라 골프 백에서 몰래 가지고 나온 타이틀리스트 볼을
페어웨이로 보내기 위해 드라이버를 힘껏 휘둘렀다.

"뽀~올!"
캐디가 새벽안개를 가르며 소리쳤다.
재상이 공이 오른쪽으로 슬라이스가 나더니
눈 깜짝할 사이에 숲속으로 사라져 버렸다.

"아니 이게 무슨 일이야."
20년도 넘게 친 드라이버 샷이 이럴 수가.

비기너 시절에나 있을 법한 드라이버 샷이….
재상이는 자신도 모르게

"멀리건 하나."
말꼬리를 흐리며 동반자들의 의견보다
강아지처럼 캐디 얼굴을 바라보고 있었다.

"안 돼요."
캐디는 단호하고 냉정하게 거절하였다.
"하나만 치고 가자."
"뒤 팀이 밀려서 안 돼요."

20년 넘게 쳐 온 드라이버 샷이 이럴 수가.
아무리 골프채에서 손을 놓은 지
시간이 한참 지났다 해도 이럴 수가?
마음만 싱글이지, 골프 근육은 완전히 100돌이었던 것이다.
그렇다고 이렇게까지 망가질 수 있단 말인가?

"재상 씨, 제 것으로 하나 치세요."
"뭐? 나 약 올리는 거지?"

지수가 위로차 한 말이었지만 얄미운
캐디 생각이 머릿속에서 떠나지 않았다.

그사이 철식이가 드라이버를 들고 티 박스에 올라가자
뒤 팀 남녀 젊은이들이 티 박스 가까이서
큰 소리로 웃고 떠들고 있었다.

그런 그들에게 주의를 주는 진행 요원 하나 없다.
상대방 캐디와 우리 캐디도 아무 말이 없다.
젊은이들의 팔뚝에는 용 문신이 하늘을 향해 날아가고 있었다.

"이봐 젊은이들! 좀 조용히 합시다."
낮고 굵은 톤으로 어른이 아이 타이르듯 철식이가 한마디 하였다.
"골프장에서는 조용히 하는 게 예의인지 몰라?"
바른말 잘 하는 철식이의 한마디에 재상이는 새가슴이 되었다.

요즘 젊은이에게 말 한번 잘못했다가
봉변을 당할 수 있기 때문이다.

"죄송합니다."
다행히 젊은이들은 쿨하게 사과를 했다.

이러한 현상은 요즘 방송에 나오는
연예인 골프 프로그램 영향이 컸다.

골프는 매너 운동인데 웃고 떠드는 연예인들의 오락 위주의
방송을 보고 처음 골프를 배우는 비기너들이
아무 생각 없이 따라 하기 때문이다.
골프 문화가 많이 변질되고 있는 것 또한 현실이었다.

철식이는 티 박스에서 안개 낀 페어웨이를 한 번 쳐다보더니
바로 드라이버를 휘둘렀다.

폼은 서툴지만 운동으로 다져진 철식이는 자신의
힘을 마음껏 뽐내고 있었다.
철식이의 티 샷은 경쾌한 소리와 함께 저 멀리 페어웨이 방향으로
랜딩 기어도 없이 안착하였다

"레디 티까지 카트 타고 가세요."
캐디의 말에 재상이는 사춘기 어린아이가 반항하듯
돌부리를 발로 차며 땅만 보며 걸었다.
'골프가 뭐라고 내가 왜 이러지?'

우리나라의 골프 시스템은 시간 개념으로 바뀌었다.

연습장 연습 공도 과거에는 1박스씩 사서 여유를 가지고
생각하며 연습을 했는데 지금은 거의 대부분 자동 타석으로
30분이든 한 시간이든 정해진 시간 내에 연습을 해야 한다.

필드는 또 어떤가? 필드는 1팀 그러니까 평균 4명이
대개 7분 이내에 앞 팀을 따라 나가야 하기 때문에 더더욱 여유가 없다.

골프는 리듬 운동인데 초보자들은
그 리듬을 익힐 시간이 없는 것이다.
조금만 한눈을 팔면 캐디는 물론 동반자에게까지 쿠사리를 먹는다.
우리나라의 골프 문화는 즐거운 운동이 아니라
스트레스를 가중시키는 운동이 되고 말았다.

이 스트레스 운동을 배우기 위해 모두가 난리다.
재상이는 "골프는 스트레스 운동이다."라고 정의를 내렸다.

그러면서 골프를 계속하는 이유를
재상이 자신도 알 수 없었다.

"천천히 쳐."
재상이는 자신보다 아니 지수에게 잘 보이려는 본능이
여자들에게 여유를 가지면서 천천히 치라고 말하고 있었다.

먼저 철식이 여자 친구가 티 샷을 날렸는데.
비록 레디 티였지만 뭘 먹었는지 힘 좋은 철식이 공 옆에 떨어졌다.
송지수 공 역시 페어웨이 한가운데에 떨어졌다.

재상이는 완전히 쪽팔렸다.
일행에서 멀찍이 떨어진 외로운 기러기처럼,
사라진 공 방향에서 하얀 OB 말뚝 쪽으로 혼자 터벅터벅 걸어갔다.

필리핀이었으면 멀리건 10개도 더 줬을 텐데
한국 골프장은 냉정했다.

'아~ 내가 너무 힘을 줬어.
힘을 빼고 쳐야 했는데.'
재상은 슬라이스의 원인이 힘 때문이라 생각했다.

OB를 인정하고 OB 티 위에서 조용히 핀을 바라보았다.
안개 낀 날은 바람이 없지만
생각보다 거리가 좀 덜 나간다.
"핀까지 얼마예요?"
거리 말뚝을 보며 퉁명스러운 말투로 캐디에게 물었다.
"125미터요."
재상은 골프 백에서 마누라 몰래 가져온
두 번째 타이틀리스트 볼을 꺼냈다.

그리고는 조심스럽게, 잔디 중에서도 가장 반듯하고
평평한 자리를 골라 기도하는 마음으로 공을 올려놨다.

골프를 처음 배웠을 때, '똑딱이'로 시작한
가장 만만한 클럽.
그래서 가장 자신 있는 7번 아이언을 들고 공 앞에 섰다.
"기본에 충실하자."
자신에게 말하며 스윙을 했다.

"뽀~올!"
아~ 이게 웬일인가.
캐디가 재상이를 향해 두 번째 "볼~"을 외치고 있었다.

지수 앞에서 이번만큼은
멋진 아이언 샷을 보여 주고 싶었는데
그렇게 믿었던 7번 아이언마저 재상이를 외면하고 만 것이다.

누가 그랬던가. 프로는 생각한 대로 공이 가고,
아마추어는 걱정한 대로 공이 간다고.

재상이의 표정이 심각해지고 있었다.
지수 앞에서 태연한 척하려고 애를 썼지만
굳은 얼굴은 좀처럼 펴지질 않았다.

문제가 무엇일까?
재상이는 아무리 생각해도 생크가 나는 원인을 알 수가 없었다.

3번째 홀 165미터 파3다.
철식이가 티 박스에서 스윙 연습을 하고 있었다.

"철식아, 이제 그만 연습해라."
재상이는 철식이에게 약간 짜증을 부렸다.
"알았어."
철식이는 재상이의 짜증이 즐거웠다.
언제나 재상이보다 골프는 한 수 아래였었는데,
오늘 재상이의 망가진 모습을 보니 그렇게 즐거울 수가 없는 것이다.

철식이가 친 공이 온 그린에 실패하였다.
재상이는 5번 아이언을 선택한 다음 티 박스로 올라갔다.

1번, 2번 홀에서 망가진 재상이는 만회를 하고 싶었다.
티 박스는 오른쪽 약간 낮은 언덕 아래에 있었다.
재상이는 드로우를 걸어
공이 핀 우측에서 내려가게끔 하는 게 좋다고 생각했다.
핀을 노려보며 평소 습관대로 아이언을 약간 감아 잡았다.

피니시가 끝까지 흔들림이 없는 게 잘 맞은 느낌이었다.
"뽀~올!"
하지만 그것도 어느 가수의 노래 제목처럼 바람뿐이었다.
캐디가 재상이의 세 번째 볼을 향해 또 외쳤다.
이번에는 왼쪽으로 훅이 나고 만 것이다.

"야! 오늘 캐디 목 다 쉬겠다."
철식이의 깐죽거리는 소리는 재상이의 기를 완전히 죽이고 말았다.
그 소리와 함께
"나는 재상이 오빠 잘 치는 줄 알았어."
"나도 그래."
"뭐, 80대 초반이라며? 이제 감이 돌아올 때도 됐을 텐데."
경희가 입을 손으로 가리고 지수에게 작은 소리로 말하고 있었다.
하지만, 그 소리는 재상이 가슴에다 못을 박는 것처럼
아프고 크게 들렸다.

골프는 멘탈 운동이라 했는데
그녀들의 작은 속삭임에 재상이는 완전히 무너지고 말았다.

"야! 너 오늘 왜 이래? 잘 좀 쳐 봐."
철식이까지 거들자
웬만한 구찌에도 흔들리지 않던 재상이는
리듬이 완전히 무너지고 말았다.

상대방의 구찌라는 것도 실력이 어느 정도 있어야 흔들리지 않는 것이다.
지금의 재상이는 자신감이 상실되어
몸과 마음이 바닥에 떨어져 있었다.

"내기 그만하자. 내가 밥 살게."
재상이는 이제 남은 홀에서 이글을 수십 번 한다 해도
이길 수가 없게 되자 백기를 들었다.

우여곡절 끝에 마지막 홀까지 왔다. 마지막 18번 홀은 파5다.
재상은 말이 없어졌다.
표정은 어두웠고 몸짓 하나하나가 작아졌다.
마치 세상을 다 잃은 사람처럼.

그때
"저, 재상 씨."
조심스럽게, 지수가 말을 건넸다.
"제가 잘은 모르지만, 재상 씨 샷 할 때,
상체가 좀 흔들리는 것 같아요."
재상은 눈을 번쩍 떴다.
"아! 그래? 맞다."
예전에도 스윙 폼 잡는다고 하체가 흔들려
페이스가 열려 망했던 기억이 났다.

지수의 말이 기억을 깨웠다.
"고마워요, 지수 씨."
재상은 하체에 힘을 주고, 최대한 부드럽게 드라이버를 휘둘렀다.

"굿~ 샷!"
캐디의 외침과 함께 모두가 동시에 박수와 함성을 보냈다.
아~ 얼마 만에 들어 보는 소리인가.
굿 샷.
재상은 눈물이 날 것 같았다.

지수의 마지막 드라이버는 끝까지 흔들림 없이 날아가
랜딩 기어도 없이 재상의 공 근처에 살포시 안착하였다.

재상은 그 장면을 보며 과거 비즈니스 골프 때,
생각대로 공을 보내던 자신의 모습을 떠올렸다.

지금 지수가 그걸 하고 있다고 생각했다.
이제 오르막, 약 270~280미터 남은 거리,
투 온은 불가능한 거리다.
재상은 5번 우드를 들고 처음으로 여유를 갖고
지수와 나란히 걷기 시작했다.

오늘 골프장에서 그녀와 잔디를 밟으며 이런저런
얘기를 나누고 싶었지만, 17번 홀까지 정신없이 보내고
이제야 겨우, 기회를 잡은 것이다.
"지수 씨, 결혼하셨죠? 아이는 몇이에요?"
지수는 말 대신 입가에 미소를 머금고 웃었다.
"왜요? 아이가 없으세요?"
재상은 순간 '혹시 불임? 아니면 내 질문이 잘못됐나?' 싶었다.
그때, 지수가 조용히 말했다.
"재상 씨. 저, 미혼이에요."
"뭐라고요? 진짜요? 그럼, 지수 씨, 호적상 처녀입니까?"
재상이의 목소리에는 놀라움과 당혹함이 동시에 실려 있었다.
"어쩐지…."
재상은 순간 자신도 모르게 상상에 잠겼다.
그러는 사이 지수는 세 번째 샷을 준비했다.

그녀의 공이 부드럽게 떠올라 온 그린에 성공하더니,
마치 자석에 이끌리듯 핀 쪽으로 빠르게 굴러갔다.
"와~ 나이스 이글!!"
캐디가 외쳤다.
재상이는 박수를 치며 자신이 넣은 것처럼 기뻐해 주었다.

지수는 좋아서 껑충껑충 뛰다가 재상이에게 달려가 폴짝 뛰어올라
재상이 목을 잡으며 안겼다.

'이게 뭐지? 이건 좀….'
하지만 재상이는 그녀의 행동이 싫지 않았다.
천진난만하고 나이답지 않은 행동 그리고 자신의 감정을
솔직하게 몸으로 표현하는 그녀가 사랑스러울 뿐이었다.

그때 재상이의 가운데가 다시 단단해지는 것을 느꼈다.
오랜만에 살아 있음을 느끼는 순간이었다.

재상은 고개를 들지 않았다.
헤드업 하지 마라.
고개를 고정시키고 그린을 향해 샷을 힘껏 날렸다.
그의 공은 아무런 미련 없이 날아가기 시작했다.

이제 더 이상 캐디의 처절한 "뽀~올!" 소리도 없었다.
재상이의 5번 우드 샷은 페어웨이의 공기를 시원하게 가르며
그린 50미터 지점 앞에 정확히 떨어졌다.

골프에서 공을 페어웨이로 보내는 건 매우 중요하다.
인생도 마찬가지다.
목표 지점으로 가기 위해선 '좋은 위치'에서 시작하는 게 중요하다.
부담 없는 다음 샷, 자신감, 안정감…
모두 좋은 위치에서 시작되는 것이다.

"오빠, 멋져요!"

경희가 진심 어린 목소리로 외쳤다.

"굿 샷이에요!"

지수 역시 웃으며 박수를 쳐 주었다.

재상은 속으로 외치며 두 주먹을 불끈 쥐었다.

"그래, 바로 이거야."

오늘 수십 번도 넘게 샷을 했지만, 딱 한 번
이 샷 하나가 마음에 들었다.

골프란 그런 거다. 백 번 실수하다가도,
단 한 번 마음에 드는 샷 하나가 모든 걸 용서해 주는 운동.

"그래, 이 맛에 하는 거지."

재상은 어프로치에 욕심이 생겼다. 아니, 칩 인을 노리고 싶어졌다.

"캐디 언니, 56도!"

프로처럼 클럽을 받아 들고 50미터 어프로치 연습 스윙을 하며
그린 쪽으로 천천히 걸어갔다.

카트 길옆에서 바람이 잔잔히 불어왔다.

바로 뒤에서 철식이가 어프로치 샷을 날렸다.

아이언이 잔디를 스치며 소리를 냈다.

"쏙!"

그의 공은 핀에서 5미터쯤에 부드럽게 안착했다.

"나이스 온!"

박수가 터졌다.

철식은 퍼터를 들고 의기양양하게 그린을 향해 걸어갔다.

마치 TV 중계에 나오는 프로 골퍼처럼.

"야, 비켜. 나 칠 차례야."

"어! 그래. 미안, 미안."

재상이는 공 옆으로 다가갔다.

문제는, 공이 서 있는 자리가 디봇이었다.

잔디가 파인 땅. 딱 봐도 불리한 상황이었다.

하지만 재상이는 전혀 주눅 들지 않았다.

'연습장 매트라고 생각하자.

이 정도는 아무것도 아냐.'

사실 잔디 위에 살짝 떠 있는 공이 더 불안정할 수도 있다.

모든 건 마음 먹기 나름이다.

골프란 결국 심리의 운동 아닌가.

그린은 핀 뒤쪽으로 살짝 경사가 있었다.

'좋아, 백스핀으로 바짝 세운다.'

클럽 페이스를 살짝 열었다.

거리 50미터.

그건 과거 수백 번 연습하여 몸이 기억하는 거리였다.

재상이는 어깨를 돌리며 혼잣말처럼 중얼거렸다.
"이놈들아, 어프로치는 이렇게 하는 거야."

그리고 마지막 남은 자존심을 샷 하나에 실었다.
"쓱!"

순간, 공이 하늘로 솟았다.

"와~~!"
주변이 웅성거렸다.
하지만 그건 감탄이 아니었다.

그건 경악이었다.
"야!" 철식이가 외쳤다.
"난 공이 제자리에서 이렇게 높이 뜨는 건 처음 봐!"
철식이가 어이없는 듯 외쳤다.

재상의 마지막 어프로치 샷은 공만 높게 솟구쳤다.
앞으로 나가지 못한 채 방향만 살짝 틀어 오른쪽 벙커에 퐁당 빠졌다.
그 순간 재상의 얼굴빛이 순식간에 까맣게 변했다.

"이제 골프는 때려치워야지."
그는 중얼거리듯 다짐했다.
예전에도 골프가 안 풀릴 때마다 골프채를
옥션에 올려 팔겠다고 맹세하곤 했지만, 이번엔 진심이었다.
"이번엔 진짜 당근에 올려야지."
물론 그 다짐이 언제나 그랬듯 지켜질 리는 없었다.

게다가 볼 상태는 최악이었다.
모래 벙커에 반쯤 묻힌 공은 고개를 모래 속에 깊이 처박고 있었다.
실력도 없으면서 공이 오기만 살아 있었다.
재상은 스스로를 비웃으며,
그래도 마지막까지 최선을 다하고 싶었다.
"벙커 샷이라도 제대로 쳐서 파로 끝내자."

양발을 모래에 깊이 박고 균형을 잡았다.
56도 웨지를 다시 쥐었다. 주변은 조용했다.
캐디도, 철식도, 지수도 모두 그의 손끝만 바라봤다.

"뽀~올!"
쉰 목소리의 캐디 콜이 골프장을 울렸다.
그리고 그 순간,
마누라 몰래 들고 온 비싼 타이틀리스트 두 박스가
모래바람처럼 사라지고 있었다.

"아! 이런 비극이."
라운드를 마친 뒤, 지수가 미소를 지었다.
"오늘 즐거웠어요."
"아~ 네, 즐거웠습니다."

재상은 허탈하게 웃었다. 오늘 하루,
희망과 절망, 허세와 자존심, 그리고 체념까지
모두 한 라운드 안에 다 들어 있었다.
"캐디 언니, 수고 많았어요."
멀리건 하나도 안 준 캐디였지만,
재상은 캐디피에 만원을 더 얹어 팁으로 건넸다.

캐디가 쉰 목소리로 말했다.
"가~ㅁ사합니다~"

"재상아, 수고했다."
"어, 너도 고생했어."
"그럼 샤워하고 프런트 앞에서 보자."
철식이 여자들에게 한마디 남기고 먼저 사라졌다.

탕 안으로 들어가자
커다란 유리창 너머로 페어웨이가 한눈에 들어왔다.

재상은 따뜻한 물에 몸을 담그고
오늘 하루를 천천히 복기했다.
한 홀, 한 홀,
벙커샷 하나, 어프로치 하나.
머릿속엔 여전히 공이 벙커 속으로 빨려 들어가던 장면이 떠올랐다.

그는 속으로 중얼거렸다.
"그래, 뭐, 좋은 여자 하나 만난 걸로 위안 삼자."
오늘 하루, 도시락 플레이어들은 흔들리지 않았고,
재상만 정신없이 흔들리고 말았다.

"저녁은 연신내 먹자골목으로 가요~"
경희가 오늘 골프에 만족했는지 밝은 표정을 지었다.
철식이가
"이왕이면 내가 아는 오리고깃집으로 가자!"
그곳은 얼마 전 초등학교 동창 모임 때 갔던 식당이었다.
주차장도 넓고, 맛도 괜찮았던 기억에 재상이도 고개를 끄덕였다.

식당 문을 열자 주방 쪽에 앉아 있던 아주머니가
재상이 일행을 반갑게 맞이했다.
"저 기억하세요?"
"그럼요, 이 동네에서 팁 주는 사람 별로 없거든요.
사장님이 주셨으니 당근 기억하죠!"

'이 아줌마는 오늘도 내 팁을 기대하는 건가?'

"라운딩 후에는 소맥을 7:3 황금 비율로 섞어서 한잔하는 거야."
철식이가 한마디 하면서 주조를 하였다.

"자 오늘 수고 많았어."
"뭐 대단한 노동을 하고 온 것도 아닌데."
"건배!"
하지만, 이 맛은 골퍼들만 아는 맛이었다.

소맥을 입에 털어 넣는 순간,
오장육부가 서서히 반응을 보이기 시작하였다.
반응 속도는 소주보다 빠르게 발끝부터 서서히 올라오고 있었다.

'아주 천천히'
'안단테'
하지만 결코 느리지 않는 속도로 모두들 취하고 있었다.

약간 취기가 오른 수지가 한마디 하였다.
"매출 없는 사업가 오빠!
재상 씨 골프는 잘 치는 골프야! 오늘 실망하지 마."
골프는 정직한 운동이다.

탁구나 테니스 등 다른 운동은 몇 년 후에
다시 시도하여도 금방 제자리를 찾아가는데
골프는 한두 달만 쉬어도 티가 난다.
"나 때문이었지? 호호~"
지수의 위로에 재상이는 아무 말 없이 지수를 꼬옥 안아 주고 싶었다.

내 나이에 이렇게 귀여운 애하고 며칠 후면 필리핀 세부에서
추억을 만들 수 있다는 게 꿈만 같았다.

"오빠! 우리 1인분 더 시켜요~"
경희가 철식이에게 말했다.
"야~ 무슨 1인분이야. 2인분 시켜!"
철식은 흥에 겨워 외쳤다.
술이 오르자 철식은 노래방을 가자며 일어났다.
"이 시간에 문 연 데가 있을까?"
새벽 운동을 하였기에 밖은 아직도 대낮같이 밝았다.
"아니야! 전에 북한산에 갔다가
이 시간에 문 연 노래방을 찾은 적 있었어.
내가 찾아볼게."
철식이는 평소답지 않게 부지런을 떨고 있었다.
잠시 후 핸드폰이 울렸다.
"야! 찾았어! 모두 이쪽으로 와."
노래방은 연신내 사거리 골목, 지하에 있었다.

낮잠 자다 부스스한 얼굴로 나온 주인 여자가 물었다.
"얼마나 노실 거예요?"
"2시간이요. 마른안주, 과일, 맥주 4캔 주세요."
경희는 노래책을 넘기고 있었고, 잠시 뒤 주인 여자가
말라비틀어진 오징어, 땅콩과 과일을 맥주와 함께 들고 왔다.

노래방 타이머가 돌아가기 시작하자 경희가 마이크를 들었다.
"오빠, 「당돌한 여자」 눌러 줘요. 3665."
철식이가 리모컨을 집어 들며 말했다.
"3665, 이거 맞아?"
재상은 속으로 생각했다.
'얼마나 자주 불렀으면 번호까지 외우고 있을까.'

우리 마음 속이지는 말아요.
날 기다렸다고 먼저 얘기하면 손해라도 보나요.
야이 야이 야야야 날 봐요.
우리 마음 속이지는 말아요.

경희가 리듬에 맞추어 춤을 추자 철식이가 일어나
경희 앞으로 가서 철식이 특유의 엉덩이 흔들기 리듬으로
맞장구를 쳐 주었다.

경희와 철식이는 요동을 치며 넓은 노래방이 부족한 듯
인생을 즐기고 있었다.

「당돌한 여자」가 끝나 갈 무렵 지수가 말했다.
"재상 씨, 선곡하세요."
팝송을 좋아하는 재상이는 18번 곡인 Moody Blues의
「Night in White Satin」을 선택하였다.

Just what you want to be, you will be in the end.
And I love you.
Yes, I love you.
Ah, how I love you.
Ah, how I love you.
꼭 네가 되고 싶은 존재,
결국 그런 존재가 될 거야.
내가 얼마나 당신을 사랑하는지.

간절하리만큼 찐한 가사의 이 곡은
드보르자크의 「신세계 교향곡」을 무디 블루스가 편곡한 것이다.

재상이는 이 곡을 불러서 지금의 심정을
지수에게 말해 주고 싶었던 것이다.

재상이의 선곡이 끝나자,
"재상 씨, 뭐 불러 줄까?"
수지는 코맹맹이 소리로 재상이의 마음을 다시 흔들기 시작했다.
"어! 수지, 당신이 제일 좋아하는 노래로 불러 봐."
"그럼 혹시 김연자의 「아모르 파티」 아세요?"
"뭐? 아모르 파티? 수지 씨,
'아모르 파티'가 무슨 뜻인 줄 알아요?"
"그거요? 신나는 파티 노래 아닌가요?"
"노우."

재상이는 눈을 감았다 천천히 뜨면서 말했다.
"신은 죽었다고 말한 철학자, 니체. 아시죠?"
"네~"
"그 니체가 말했어요. Amor Fati. 운명을 사랑하라.
운명을 자신의 것으로 바꾸라는 겁니다."
수지는 눈을 동그랗게 뜨며 감탄했다.
"오빠, 오빠는 역시 달라 보여~!"

반주가 나오자 수지는
그 큰 눈을 가늘게 감으며 재상이 손을 끌어당겼다.
그리고 볼륨 있는 몸매로
「아모르 파티」를 부르기 시작했다.

산다는 게 다 그런 거지.
누구나 빈손으로 와, 소설 같은
소설 같은 한 편의 얘기들을 세상에 뿌리며 살지.
자신에게 실망하지 마. 모든 걸 잘할 순 없어.
오늘보다 더 나은 내일이면 돼. 인생은 지금이야.
아모르 파티~

얼큰하게 취한 재상이는 노래방의 짙은 네온 밑에서
그녀를 꼭 안았다.

그러자 그녀는 한쪽 팔로 재상이 목을 감싸며 몸을 흔들고 있었다.

나이는 숫자, 마음이 진짜.
가슴이 뛰는 대로 가면 돼.
이제는 더 이상 슬픔이여, 안녕.
왔다 갈 한 번의 인생아~
연애는 필수, 결혼은 선택.
가슴이 뛰는 대로 가면 돼.
눈물은 이별의 거품일 뿐이야.
다가올 사랑은 두렵지 않아.
아모르 파티~

그녀의 머리카락에서는 재스민 향기가 짙게 묻어 나오고 있었다.

아~ 이 향기는 재상이가 제일 좋아하는 향기다.
이 향기를 그녀가 가지고 있었다.

이 재스민 향기는
아직도 잊지 못하고 있는 재상이의 첫사랑 향기였다.

"수지! 오늘 집에 가지 마."
재상이는 수지의 귓불에 대고 나지막한 소리로 말했다.
"아~잉! 재상 씨!
필리핀 가면 시간 많은데 뭘 그리 서둘러요?"
"아니야! 오늘 너랑 헤어지기 싫어서 그래."
"재상 씨, 나도 같이 있고 싶어요. 하지만 오늘은 안 돼요.
세부 가서 마음 편하게 즐기자. 응?"

수지는 재상이를 차분하게 다스리고 있었다.
그때 경희가 철식이에게
"오빠! 요 근처에서 친구가 바 하고 있는데 입가심이나 하고 가자."
"재상아, 어떻게 할래?"
철식이가 의견을 묻자 수지와 헤어지기 싫었던 재상이는
"야! 그걸 뭘 물어보냐? 그냥 무조건 고!"

오늘은 철식이의 카드가 대책 없이 남발만 하고 있었다.
"나 양주 못 먹잖아."

그날 재상이의 기억은 거기까지였다.
경희가 재상이의 말을 무시하고 양주를 시키는 것을
어렴풋이 기억해 냈지만 그 후 집에 어떻게 들어갔는지
Black Out 된 것이다.

19홀은 원래 라운딩 후, 동반자들과 식사나 술 한잔하며
경기를 돌아보는 편안한 자리였다.
하지만 요즘은 어느 순간부터 퇴폐의 코드로 변질되었다.
다음 날 아침 철식이의 전화가 거침없이 울렸다.
"잘 들어갔냐?"
"응. 어떻게 된 거야?"
재상이 대답하기도 전에,
철식이 특유의 짓궂은 목소리가 이어졌다.
"야, 너 어제 지수랑 만리장성 쌓아야 한다며
난리를 치길래 우리 전부 포기했거든?
근데 지수가 겨우 너를 택시에 태워 집까지 데려다주고 갔어.
걔는 얼굴도 예쁜데 어쩌면 하는 짓도 예쁘냐!"
"그래?!"
재상은 얼굴이 화끈거렸다.

커튼 틈으로 햇살이 비집고 들어오고 있었다.
머리는 깨질 듯 아프고, 속은 텅 빈 드럼통처럼 울렁거렸다.
"만리장성은 무슨…."

기억은 여기까지였다.

재상은 천장을 바라보며 조용히 생각했다.
소심한 재상은 마누라 타이틀리스트 공 두 박스가 걱정되었다.
빨리 채워 넣어야 하는데….
하지만 노래방에서의 황홀한 순간?
수지의 재스민 향기가 그리웠다.
그때, 휴대폰 알림이 울렸다.
지수였다.
"재상 씨, 어제는 정말 즐거웠어요. 속은 괜찮아요?
다음 주 세부에서 만나요."
그녀의 젖은 목소리가 들리는 듯해서 재상은 조용히 웃었다.

3. 어지러운 마음

"어제 쓴 비용, 카톡으로 보냈으니 확인해 봐."
"알았어."
그런데 카톡 내용을 보는 순간,
그린피 회원 9만 원*4=36만 원, 그늘 집 30만 원,
캐디피 카트비는 그 자리에서 현금으로 주었고
오리고깃집 4인분, 추가 2인분. 많이도 처먹었네.
소주 맥주 해서 30만 원, 노래방 2시간, 맥주, 안주 15만 원.
바에서 양주 발렌타인 2병, 맥주 7병, 안주 포함 90만 원.
합계 201만 원, 반반 100만 원.
○○은행 계좌번호 000-0000-000 지철식

재상이는 핸드폰으로 철식이를 불러냈다.
"야! 회원 가격이라 해서 갔는데 뭐가 이리 많이 나왔냐?"
"야! 이 정도면 준수한 거야."
"아니, 그린피만 회원제지.
막걸리에다 안주 몇 개 먹은 게 무슨 30만 원이나 되냐?"
"야! 그게 비싸면 골프 치지 마!"

철식이의 한마디에 재상이는 더 이상 말을 할 수 없었다.
"알았어."

재상은 혼잣말처럼 투덜거렸다.
"이래서 골프가 우리나라에서 욕먹는 스포츠가 된 거야."
그나마 강남이 아니라 다행이라며 스스로 위안하려 했지만,
백수인 그가 수지를 얻기 위해 치러야 할 비용치고는
너무 큰 출혈이었다.

그는 하루하루 어린아이처럼 날짜를 손꼽아 기다렸다.
8월 1일. 드디어 기다리고 기다리던 날이 밝아 왔다.
밤새도록 들뜬 마음에 잠 한숨 못 잔 재상이다.

비행기는 저녁 8시 50분 출발이지만
마음은 이미 인천 영종도 공항에 가 있었다.

인천 공항 제2청사. 약속 시간은 오후 6시.
그렇지만 보고 싶은 수지 생각에 일찍 집에서 나왔다.
그리고 집 근처 공항 철도에 몸을 실었다.
좋아하는 사람을 기다리는 마음은 시간을 초월한다.

공항 가는 길에 구글을 열어 반타얀섬을 찾았다.

필리핀 세부 반타얀(Bantayan)섬.
어느 여행 작가가 극찬했던 바다.
"전 세계를 다녀 봤지만 세부 바다만큼 아름다운 곳은 없다." 했던 그곳.
이곳에서 지수와 함께 있을 것을 생각하니
사진만 봐도 가슴이 뛰었다.

공항에 도착하자마자 재상이는 먼저 달러 환전을 하였다.
그리고 여행자 보험을 가입하고
핸드폰 로밍도 신청하였다.
철식에게 전화를 걸려던 순간 철식에게서 먼저 전화가 왔다.
"출발했냐?"
"어! 난 벌써 도착했어. 넌 어딘데?"
"뭐? 벌써? 난 이제 집 앞에서 공항버스 기다리는 중이야.
도착하면 전화할게."

너무 일찍 도착한 인천 국제공항은
전 세계 공항 에어포트 어워드에서 3년 연속
랭킹 안에 들 정도로 그 규모와 시설이 놀라울 정도이다.
인천 국제공항이 생기기 전 옛날 김포 공항은
일본인들이 무슨 국제공항이
자신들의 시골 공항보다도 못하다며 비아냥거렸는데
지금은 우리나라도 고개를 들어

자랑할 만한 공항을 갖게 된 것이다.

그 인천 공항에서 재상이는 의자에 기대어
인터넷 뉴스를 검색하고 있었다.

"오빠?"
익숙한 목소리가 뒤에서 들려왔다.
머리 위에는 짙은 선글라스를 올리고
화사한 여름 옷차림으로 한껏 멋을 낸 경희였다.
"오빠, 일찍 나왔네?"
"어, 경희 씨, 잘 지냈어? 근데, 지수는?"
재상은 바로 지수를 찾았다.
그 말에 경희는 순간 재상의 눈치를 살피며
조심스럽게 입을 열었다.

"오빠! 사실은 지수가 이번 여행에 같이 못 가게 됐어."
"뭐?"
무슨 말을 해야 할지 어이가 없었다.
"그래, 내 팔자가 그렇지."

"사정이 생겨서 지수 대신 다른 친구를 부르게 됐어.
곧 도착할 거야."
"뭐라고?"

재상은 술도 먹지 않았는데 머리가 다시 블랙아웃 되고 있었다.
이 상황을 도대체 어떻게 받아들여야 할지?
"그럼 미리 말이라도 해 줬어야지."
말을 했어도 달라질 건 없지만
세상이 고장 난 필름처럼 멈춘 느낌이었다.

'처음 만날 때, 어쩐지 김칫국이 맛있더라.'
"근데 못 가는 이유가 뭔데?"
"나도 잘은 몰라."
경희는 자신의 잘못도 아닌데 작아진 목소리로 대답했다.
재상은 망설였다.
'이 여행을 가야 하나, 말아야 하나?'
햄릿의 죽느냐 사느냐가 아닌
'갈 것이냐 말 것이냐.' 이것이 문제였다.

잠시 후 철식이 도착했다.
철식은 경희에게 상황을 듣고는 따지듯 말했다.
"야! 미리 말도 안 하고 뭐 한 거야?"
"그만해. 경희 잘못도 아니고,
지수가 갑자기 일이 생긴 거야.
그래서 다른 친구라도 불렀다잖아."
그 말을 하면서도 재상 스스로도 어이없었다.
'왜 내가 경희 대변인이 되어 있지?'

"재상아~ 기분 풀어. 다른 여자 친구가 온다잖아~"
철식이가 어깨를 두드렸다.
"야, 솔직히 지수 같은 애가 어디 있냐?"
"그건 맞지."
재상은 감정을 억누르려 했지만 쉽지 않았다.
"그래, 어쩌겠냐. 없는 것보단…."

"경희야~!"
그때 누군가 경희를 부르는 소리가 들렸다.
약 50미터쯤 거리에 커다란 선글라스, 늘씬한 키에
버킷 모자를 눌러쓴 여자가 우리 쪽으로 걸어오고 있었다.
순간, 지수인 줄 착각할 뻔했다.
짙은 선글라스에 화사한 여름 원피스를 입은
수지의 대타가 도착한 것이다.

"안녕하세요."
조금 허스키한 목소리가 침울했던 재상이의 마음을
서서히 풀어지게 만들고 있었다.

'사람 마음이란 게 정말 이렇게 간사한 건가!'
재상은 속으로 헛웃음을 지었다.

"영숙아, 잘 찾아왔네~"
경희의 말에 그녀의 이름이 영숙이라고 생각했다.
"인사해."
그렇게 네 사람은 수속을 마치고 탑승구로 향했다.

공항은 피서철 인파로 가득했다.
"야! 경기가 어렵다 어렵다 해도 다 해외로 여행 가는 거 봐라."
"경기는 무슨 얼어 죽을 경기냐."
재상이가 한마디 했다.
그때 영숙이가
"혹시 담배 안 피우시면 여권 좀 빌릴 수 있어요?"
영숙은 담배를 사기 위해 재상에게 여권을 부탁했다.
"오빠, 고마워요~"

그리고
"한 대 피우고 올게요~"
영숙은 철식과 함께 닭장 같은 뿌연 흡연실로 들어갔다.

재상은 그 뒷모습을 가만히 바라보았다.
지수가 떠난 자리를 저 영숙이라는 여자가 채워 줄 수 있을까?
"에이, 모르겠다."
하지만 이 여행이 어쩌면 또 다른 시작일지 모른다는 생각을 재상이는 하고 있었다.

그들이 오자 밥을 먹기 위해 2층 식당으로 올라갔다.
키오스크 앞에는 시골 장터처럼 많은 사람이 몰려 있었다.
"와우! 뭔 사람이 이렇게 많아?"
철식이가 툴툴거렸다.
이제 코로나19는 유럽의 페스트처럼
아득한 과거 이야기가 된 듯했다.

마침 식사를 마친 어느 가족이 일어나는 걸 본 경희가
쏜살같이 달려갔다.
"이런 북새통 식당에서 예의 차리다간 굶어 죽어~"
"잘했어."
철식은 경희의 행동을 칭찬했다.

덕분에 겨우 자리에 앉자 주문한 육개장이 나왔다.
그런데, 지수의 대타, 영숙은 뜨거운 육개장 앞에서도
버킷 모자와 선글라스를 벗지 않았다.

"경희야, 나 어제 차 문에 부딪혔는디 겁나 아파 브러써야."
영숙은 짙은 전라도 사투리로,
재상이 들으라는 듯 경희에게 자신의 '멍든 눈' 사연을 슬쩍 흘렸다.

재상은 속으로 중얼거렸다.
'어디 뭐 어떤 남자 놈한테 얻어맞고 차 타령하는 거 아니야?'

"야, 우선 배고프니까 밥이나 먹자."
철식이가 수저를 나눠 주었다.

그 순간 앞에 앉아 있던 영숙이가 더는 못 참겠다는 듯
모자와 선글라스를 벗었다.
"악!"
재상은 진짜로 소리를 지를 뻔했다.
자신 앞에 앉은 건 웬 60대 할머니였다.
물론, 메이크업은 했지만 그 화장 밑으로 감춰지지 않는
주름들은 그녀가 살아온 세월마저 궁금하게 만들고 있었다.

'이 여자의 정체는 대체 뭘까?'
재상이 머릿속이 복잡해지는 찰나 더 황당한 말이 튀어나왔다.
"저, 무척 피곤해요."
"왜?"
철식이 뜨거운 육개장 국물을 들이켜며 물었다.
"어젯밤에 흥신소 알바하느라 한숨도 못 잤어요."
"뭐? 흥신소??"
철식이가 젓가락질을 멈췄다.
재상도 귀를 쫑긋했다.

"여름엔 어디라도 가고 싶잖아요~
그래서 여행비 벌려고 흥신소 아르바이트했어요."

"그래서 흥신소에서 뭔 알바?"
철식이 흥미롭다는 듯 물었다.
"어느 아줌마가 남편 불륜 잡아 달라는 의뢰를 받고
미행을 하기 시작했어요."
"진짜?"
"네~ 저 운전 잘하거든요."

철식은 의자를 영숙 쪽으로 바짝 당기고 재상이도
말라붙은 영숙의 입술이 떨어지기만을 기다렸다.
그 순간만큼은 영숙이 더 이상 수지의 대타가 아닌
이야기 속의 주인공이었다.

"그래, 미행해서 현장 잡았어?"
철식은 오늘 처음 본 영숙의 이야기에 들떠 있었다.
"야, 나를 불렀어야지! 나도 그런 거 잘하는데~"
철식은 그 순간 007 영화 주인공처럼 모험을 꿈꾸는 눈빛이었다.

"오빠, 이거 장난 아니에요. 엄청 힘들어.
어떤 땐 몇 시간을 차에서 기다려야 해요.
그 연놈이 나올 때까지 숨죽이며 잠복해야 하는데,
그게 뭐 쉬운 줄 알아요?"
"그래서? 결국 어떻게 됐어?"
철식은 결과가 궁금해 견딜 수 없는 눈빛이었다.

"남자가 먼저 모텔로 들어가고
잠시 후 여자가 따라 들어가더라고요.
밖에서 모텔방 불이 켜지는 것을 보고 룸 넘버를 확인하고
주인이 자리를 비운 틈에 모텔 직원인 척 문을 두드렸죠.
'누구세요?'
여자 목소리였어요.
'모텔 관리실이에요.
모텔이에요~ 생수요~'
준비해 간 생수 두 병을 들고 문이 열리길 기다렸죠.
잠시 후 그 여자가 브래지어만 입고 문을 빼꼼 열더라고요.
샤워 물소리 들리는 거 보니, 남자는 욕실 안에 있는 것 같고요."

철식은 흥분하기 시작했다.
"그래서?"
"근데, 그년 나보다 못생겼어.
진짜 지 눈에 안경이라는 말, 맞는 말인가 봐.
두 연놈이 있는 걸 확인하고, 사장한테 모텔 이름이랑
방 번호 사진 찍어 넘기고 전 집으로 갔어요."
"뭐야? 그게 끝이야?"
철식은 맥이 빠졌다.
사건의 전개를 한참 기다리던 철식이는 맥이 빠졌다.
"오늘 필리핀 가야 하잖아요."

영숙의 사투리와 허스키한 목소리, 그리고 거침없는 말투는
어딘가 사람을 끌어당기는 구석이 있었다.
하지만,
재상은 아직 이 여자를 어떻게 받아들여야 할지 혼란스러웠다.

'도대체 이 여자의 정체는 뭘까?
살다가 별 흥신소 여자를 다 만나 보네.'
그제야, 그녀의 눈에 든 퍼런 멍이
어디서 생긴 건지 짐작할 수 있었다.
미행하다가 들켜서 어느 놈에게 맞은 게 틀림없었다.

"야, 저 여자 진짜 경희 친구 맞냐?"
"왜?"
"요즘은 5~60대도 보톡스 맞고 40대라고 우기는데 얘는 좀…."
"야! 그래도 몸매는 죽이잖아~"
"몸매만 죽이면 뭐 해? 돼지 얼굴 보고 잡아먹냐?"
"나는 돼지 얼굴도 봐."
하하,
공항 화장실 앞에 나이 든 노인이
아내의 가방을 들고 서 있는 모습을 보며
"나도 저런 말년을 기대했었는데…."
하면서 씁쓸한 미소를 지었다.

탑승 게이트를 지나다 유명 브랜드 매장에서
반지르르한 중국 여행객 유커들이
면세품 브랜드 가방을 한가득 사 가지고 나오고 있었다.
그때 베토벤 소나타 「비창」 2악장이 매장에서 흘러나오고 있었다.
저 유커는 이 음악을 알고 있을까?
저 유커는 자신의 능력을 명품 가방 사는 것으로 표현하는데
재상이의 능력은 저 명품 가방 하나만도 못하다는 생각에
소리 없이 우울해지고 있었다.

비행기 탑승 시간이 가까워지고
탑승 게이트 줄에 선 네 사람.
승무원이 다시 여권과 탑승권을 확인하였다.

저가 항공기엔 기내식이 없다.
해외여행의 묘미 중 하나가 기내식이라는 건 부정할 수 없다.

"아! 근데 미안해.
나도 어제 잠을 못 자서, 눈 좀 붙일게."
재상이는 말이 끝나자마자 좌석을 한 단계 눕히고 눈을 감았다.
하지만 잠은 오지 않았다.

눈꺼풀 너머, 재상의 머릿속에는 여전히
「아모르 파티」를 부르던 지수가 있었다.

그녀는 아직 어제 그 자리에서 환하게 웃으며 손짓하고 있었다.
재상을 유혹하듯 손짓하는 그녀.
그런데 그녀는 왜 오지 않았을까?
재상이는 수많은 의심이 들기 시작했다.
'내가 별로 마음에 들지 않은 건가?
피치 못할 사정, 아니면 혹시 다른 이유?'
그럴수록 상상은 의심으로 변했고,
의심은 마치 물감보다 더 진하고 깊게 번져 나갔다.

'혹시 일본으로 골프 여행을 간 건가? 그것도 어떤 놈이랑?'
생각하면 할수록 의심의 무게가
재상이를 점점 더 깊게 가라앉히고 있었다.
의심이 쌓일수록 가슴 한편이 아려 왔다.
잠시 만난 사람이지만
수년을 만난 사람처럼 깊게 느껴지는 여인이었다.

수년을 만나도 정이 안 가는 사람이 있는 반면
잠시 만나도 오랜 시간을 함께한 사람처럼 느껴지는 사람이 있다.
지수가 그런 사람이었다.

잠시 후 빈 좌석으로 옮기려 자리에서 일어나려는 순간
기내 방송이 울렸다.

"손님 여러분, 저희 비행기는 기류의 영향으로
다소 조금 심하게 흔들리고 있습니다.
안전을 위해 여러분은 벨트를 매고 자리에 앉아 계십시오."
재상은 다시 자리에 앉아
자신의 몸과 마음을 저가 항공 벨트에 묶었다.

얼마 후 다시 기내 방송이 울렸다.
"손님 여러분, 저희 비행기는 이제 곧
필리핀 세부 막탄 공항에 도착합니다."
기내 방송이 끝나기 전 여행객들은 벌써 일어나
머리 위 짐칸에서 짐을 꺼내려 북적댄다.
승무원이 화를 참으며 밝은 웃음으로 앉으라 해도
여행객들의 행동은 변함이 없다.
어딜 가도 한국 사람만이 하는 부끄러운 행동이다.
비행기에서 내리자, 수많은 여행객이 들뜬 얼굴로
캐리어를 끌고 이미그레이션 앞에 늘어섰다.
"와, 이 많은 사람이 거의 다 한국 사람이야."

필리핀은 2006년도에 한국인 관광객 수가 미국인을 앞선 이후
해마다 꾸준히 늘고 있었다.
지금은 연간 100만 명이 넘는다고 하였다.
누가 뭐래도, 한국은 필리핀 관광 수입에 있어 큰손 중 하나다.

입국장 왼쪽 벽면엔 '시니어(Senior) 우대'라는
자그마한 네온 간판이 반짝이고 있었다.
재상은 슬쩍 그쪽으로 가려다 멈췄다.
여자들의 나이는 시니어가 아닌 것이다.

여기서부터는 필리핀 시간. 한국보다 1시간 느리다.
느린 시간만큼 출국장까지 느릿하고 긴 줄을 견뎌야 했다.
인내심 없이는 안 되는 나라.
하지만, 그게 또 필리핀의 매력 중 하나다.

검색대를 통과하고 나서,
오른쪽 환전소에서 달러를 페소(PHP)로 바꾸었다.
이젠 한국 돈도 그냥 환전이 가능하다.
그만큼 우리나라 국력이 커졌다는 증거다.

많은 여행사 직원이 출국장 앞에서 피켓을 들고
자신들의 고객을 향해 소리치고 있었다.

4. 까사델마

재상이는 그들 중
메르세데스 골프 피켓을 들고 서 있는 필리피노를 발견하고
그에게 손을 흔들었더니 반갑게 짐을 들어 주었다.
택시 승강장을 지나 오른쪽 주차장에서
그들이 가지고 온 카니발 차 문을 여는 순간,

"마이클!"
"철식아! 잘 왔다."
정호는 재상이를 마이클이라고 불렀다.
마이클 잭슨은 자신이 제일 좋아하는 가수라 재상이를 좋아하는
정호가 마이클이라고 부르는 것이다.

고맙게도 그는 2시간 넘게 걸리는 이곳 막탄 공항까지
마중을 나온 것이다.
"야! 인사해!"
철식이가 여자들을 인사시켰다.
"반가워요." 영숙이가 정호에게 인사를 하자,

"아! 반갑습니다."
호탕한 목소리의 정호는 스포츠머리에
야자수가 그려져 있는 월남 남방과 파란색 컬러 반바지
그리고 컴컴한 밤에 짙은 선글라스를 끼고
암흑가의 보스처럼 왼손을 크게 흔들면서 환영 인사를 하였다.

정호는 여름 휴가철과 추운 겨울에는 철새처럼
이곳 세부에서 겨울을 보내고 있었다.

재상이는 정호의 차림새를 보고 이놈이
이 세부에서 얼마나 화려한 날을 보내고 있는지
알 수 있을 것 같았다.

마지막 짐을 차에 넣는 카니발 기사를 보고 정호가 소리쳤다.
"드라이버! 가자! 고~ 고~ 고!"
정호의 말이 떨어지자 드라이버가 액셀을 동시에 세게 밟았다.
'부~웅!'

세부 북부로 가는 길은 센트럴 노티컬 하이웨이와
해안 도로인 마슬록 프로비셜 로드 2개가 있다.

재상이를 실은 카니발은 해안 도로를 통해 북으로 가고 있었다.
한밤중의 국도는,

가끔 트럭 몇 대만 지나가고 일반 차량은 거의 없다.

승용차는 일제 혼다가 점령하였고 트럭은 오래된
낡고 힘없는 중국제 트럭이 가끔 지나가고 있었다.
산악 고지대를 거북이처럼 올라가는 트럭을 추월하기 위해
국산 카니발이 엔진에 힘을 가하며 달린다.

가끔 트라이시클이 나타나 우리 모두를 놀라게 하고
급한 환자가 있는 앰뷸런스가 요란한
사이렌을 울리며 지나갈 뿐이다.

"야! 우리는 먼저 까사델마로 가는 거야."
"까사델마? 까사델마가 골프텔이냐?"

"아니, 그곳은 골프장에서 약 20분 거리에 있는
작은 해변 이름이야. 내 리조트가 그곳에 있어."

"우리 골프텔에 가는 거 아니었어?"
"아니야, 너희는 나와 같이 까사델마에 있을 거야."
정호가 짧게 대답을 하였다.

해안 도로는 우측에 바다를 끼고 길게 늘어져 있었다.
북쪽으로 가는 2차선 도로는

작은 포트를 알리는 간판만 몇 개 보일 뿐,
제대로 된 공장 하나 보이지 않았다.
그것을 보고 필리핀의 경제 상황보다도
이곳이 청정 지역이라고 말하는 이유를 알 수 있었다.

철식이와 여자애들은 차 창문에 머리를 기대고
피곤을 못 이기는 듯 입까지 벌리며 자고 있었다.

새벽 공기를 가르며 1시간 정도 지나자
'까사델마'라는 작은 간판이 보였다.
그곳에서 우회전을 하자
웬걸, 작은 비포장도로가 나타나더니
덜커덩 소리와 함께 온몸이 흔들거렸다.

그제야 철식이와 여자애들이 놀라 깨어났다.
핸드폰 시계를 보니 새벽 4시가 다 되어 가고 있었다.

"오빠! 우리 어디 납치해 가는 거 아니야?"
여자들은 캄캄한 시골길을 지나자
약간은 겁먹은 듯 농담 반으로 물어보았다.

"야! 다 늙은 너희들을 납치해다 어디에 쓰냐?"
"섬에 조개잡이로 팔아먹으려고."

철식이 말에 경희가 웃으며 대답을 하자
자동차는 바다 냄새가 나는 하얀 3층짜리 리조트 앞에 도착하였다.

3층 건물은 마치 지중해를 바라보는
스페인 산토리니 흰색 건물과 매우 닮아 있었다.
과거 스페인이 약 300년 동안 필리핀을 점령하였던
시절을 생각하며 어느 백인이 지었다는 얘기가 있다.

3층짜리 건물 좌측에는 단층 건물 5개가 있는데
그중 가장 왼쪽에 있는 흰색 건물이 정호 리조트였다.

"제임스? 제임스!"
차에서 내리기 전에 정호가 3층 본관 건물을 향해
관리인 제임스를 소리쳐 불렀다.

새벽잠에서 겨우 깨어난 듯 두 손으로 눈을 비비며
나오는 필리피노 관리인 제임스가 편안한 미소로
정호와 재상이 일행을 맞이하였다.

철식이는 정호 리조트 앞 파라솔에서
두 손가락을 벌리며 말했다.
"영숙아, 담배 하나만 주라."
까탈스러운 영숙이가 의외로 공손하게 담배를 주었다.

"오빠, 이게 마지막 담배여."
그 마지막 담배를 철식이에게 주자 둘은
오누이처럼 웃고 떠들기 시작하였다.
공항에서 담배를 몇 보루나 샀으면서 마지막 담배라니
재상이는 웃었다.

그사이 정호는 리조트에서 라면을 끓이고 냉동실에 준비해 두었던
소주 2병을 꺼내 맥주잔 5개에 나누어 따랐다.
맥주잔은 국내 맥주 회사 로고가 새겨진 잔이었다.

그리고 필리핀이 자랑하는
맥주 산미겔을 빨간색 눈금에 맞추어 붓고는
한 잔씩 나누어 주었다.

한국 소주에 필리핀 필센 맥주는 이곳 머나먼 세부에서
조화를 이루고 있었다.

정호가 산미겔 맥주병을 들더니,
"이걸 필리핀 현지에서는 뭐라고 하는 줄 알아?
필리핀 현지에서는 산미겔, 큰 병을 '그란데(Grande)'
작은 것은 '필센(Pilsen)'이라고 부르니까 잘 알아 둬."

"오빠! 아침에 해가 뜨면 바다가 멋있겠는데!"

철식이 여자 친구 경희가
해 뜨는 바다를 상상하며 한마디 하였다.

"그래, 예쁠 거야.
하지만 여기 까사델마는 우리나라 서해 바다처럼
서쪽 바다라 해 뜨는 걸 볼 수 없고
해 질 무렵 석양이 아름다운 바다래."

재상이가 정호에게 들은 얘기를 대신 해 주었다.

"야~ 이제 그만 마시고 들어가서 눈 좀 붙이자."
철식이가 경희에게 말하자
"오빠 세월이 좀먹어?"
옆에 있던 영숙이가 한마디 하며 한 잔 더 따르고 있었다.

재상이는 혼자 일어나 작은 해변 백사장을 걸었다.
아주 아담한 해변의 모래사장은 밤이지만
하얀 새틴 양탄자를 수놓은 듯 빛나고 있었다.
잔잔한 파도 위에 필리핀 특유의 목선이 하나 떠 있는데
필리핀 목선은 거의 다 양쪽에 크고 긴 대나무를 달고 있었다.
그 목선은 유독 필리핀 배만이 하고 있는 것이다.

하지만 그 이유는 정확히 알 수가 없었다.

아마 필리핀 동부 태평양에서 자주 발생하는 태풍 때문에
안전을 지키기 위해 어부들이
찾아낸 방법이 아닌가 생각하였다.

나중에 제임스가 알고 있는지 모르지만 물어봐야겠다.

아직 해는 뜨지 않았지만
열대 야자수와 어우러진 까사델마의 해변은
한마디로 환상적으로 아름다웠다.

재상이는 그림에서나 보던 세부 바다를 눈에 가득 담고
B2호실로 들어가자
그녀들도 기다렸다는 듯 B3호실로 들어가 버렸다.

"어~ 어! 저것들이!"
닭 쫓던 개 지붕 쳐다보듯 철식이의 외마디에
덜커덩 문 잠그는 소리가 들렸다.

"야~ 야~"
철식이가 어쩔 줄 몰라 하며
재빠르게 뛰어가 문고리를 잡고 흔들었다.

"야~ 경희야! 영숙아!"

하지만 굳게 닫힌 문은 열릴 생각이 없었다.

"야, 야!"
철식이는 당황하여 다시 한번, 아니 애절하게
여러 번 경희를 불렀다.

하지만 그들은 철식이의 간절함에는 관심이 없는 듯
깔깔대고 웃는 소리만 문틈 사이로 흘러나올 뿐이었다.

필리핀에 도착하면 욕심을 채우려 했던 철식이의 계획이
완전히 어긋나고 만 것이다.

"에이, 씨~"
그녀를 부르다 지쳐 버린 철식이는 재상이가 누워 있는
방으로 들어와 옆에 있는 침대가 무너질 듯 대자로 쓰러졌다.

"야~ 내일도 있잖아."
재상이는 철식이에게 위로를 하였다.

그 순간, 정호 방에서 비디오 소리가 나기 시작하였다.
콘크리트 벽 사이로 고요한 필리핀 세부의 적막을 깨고
야릇한 소리가 들리기 시작한 것이다.

방음이 잘 되지 않은 콘도는 옆방의 숨소리까지 리얼하게 들렸다.
"이게 누구 약 올리나."
철식이는,
"야~!"
소리를 크게 질렀다.
"그만해!"
"그게 그만하라고 해서 될 일이냐?"
재상이가 말하자 응답이라도 하는 듯
정호는 더 크게 자신의 남자를 뽐내면서
거친 숨소리를 뿜어내고 있었다.

"아~ 아~"
농익은 여인의 신음 소리는 가뜩이나 피곤한
재상이와 철식이의 밤을 어지럽게 만들고 있었다.

얼마가 지난 후 눈을 뜬 재상이는 핸드폰 시계부터 살폈다.
새벽 5시 반.
언제 일어났는지 아침 골프를 치러 가야 한다며
그녀들은 아무 일도 없었던 것처럼 밖에 나와
수건으로 머리를 말리고 있었다.

"마이클, 잘 잤냐?"
"어! 정호야!"

밤새 지친 재상이와 철식이와는 달리 정호는 쌩쌩하였다.
아니, 저놈의 비결이 뭘까?
재상이는 정호의 비결을 알고 싶었다.

밤새 비디오 소리에 잠을 설친 재상이는 벽에 붙어 있는
오래된 에어컨을 바라보았다.
"저건 분명 마르코스 시절에 설치한 에어컨일 거야."
세월이 지나 낡은 냄새가 났지만 성능은 멀쩡하였다.

상표를 보니 골드 스타였다.
그 시절 우리나라 LG,
그러니까 옛날 Gold Star(금성)가 만든 에어컨이었다.
한국에서는 박물관에나 있을 법한 금성 에어컨이
이곳 까사델마에서 재상이의 더위를 식혀 주고 있었다.

샤워실에 들어가 머리를 감으려 수도꼭지를 틀었더니
수돗물이 재상이의 고추처럼 힘없이 맥을 못 추고 있었다.

이놈의 수도는 언제 힘이 날 것인가?
옛날 묵었던 마닐라 호텔을 생각하면 같은 필리핀이지만
이곳의 열악한 환경을 그저 애교로 봐 줘야 하는 건지….
더군다나 커다란 열대 도마뱀이
천장과 벽에 붙어서 긴 혀를 날름거리고 있었다.

재상이는 더 이상 이곳에 머물고 싶지 않았다.
아침 5시 반에 도착하기로 한 드라이버 데이비드가 이제야 나타났다.

"데이비드! 너 미쳤어? 왜 이리 늦은 거야?"
정호가 드라이버 데이비드에게 군기를 잡고 있었다.
드라이버는 한국말을 조금 알아듣고 있었지만
자신에게 불리한 말은 못 알아듣는 척하였다.

"속 터진다, 속 터져!
야! 알았어. 빨리 가자, 가!
레츠 고!"

까사델마의 좁은 비포장도로는 얼마 전 필리핀
태풍 이가이(Egay)가 지나가며
더욱더 가는 길을 험난하게 만들었다.

비포장도로를 5분 정도 지나면
국도가 나오는데 국도는 그래도 포장이 잘 되어 있었다.

약 20분 정도 지나자 왼쪽 좌회전 도로 입구에
메들린 시내로 가는 이정표가 있다.
그곳은 퀸즈 골프장이다.

메들린 입구를 지나 북쪽으로 중앙 국도를 따라
조금 더 가면 우측에 그리 크지 않은
메르세데스 골프장 간판이 나타난다.

입구에는 키가 큰 열대 나무가 가지런히 일렬로
하늘을 향해 치솟아 있는데 우거진 숲과 오래된 나무는
이 골프장이 역사와 전통이 있다는 증거다.

카니발 드라이버가 입구 왼쪽을 지나면서
여기가 캐디 하우스라고 하였다.

"야! 이게 캐디 하우스야? 이건 난민촌 아니야?"
철식이가 실망한 듯 얼굴을 찡그렸다.
코로나19를 잘 견디어 낸 골프장은 많은 캐디가
갤러리를 애타게 기다리고 있었다.

취업이 힘든 필리핀에서 더군다나 이곳 세부 북부는 일자리가 없어
캐디는 여자들에게 좋은 직장 중 하나다.

왼쪽 캐디 하우스를 지나 좁은 길로 500미터를 가면
하얀 6층짜리 빌리지가 보이고
조금 떨어진 곳에 있는 2층짜리 건물이 식당이다.

정호가 드라이버에게 팁을 200페소 주며
"수고했어."
데이비드는
"땡큐, 썰."
고맙다며 인사를 하였다.

정호는 한국에서 열심히 번 돈을 이곳 필리피노들에게
팁 주는 맛에 산다고 했다.
그의 말투에는 묘한 자부심과 허무가 섞여 있었다.
돈을 주는 사람이 되었다는 만족감,
그러나 많지 않은 그 작은 팁을 받으려 자신에게 환호하는 표정.
그것이 가짜든 진짜든 정호는 베풀면서 씁쓸했다.

정호가 주방장에게 "에그 프라이 세 개 추가." 하며 손을 흔들었다.
식탁에는 야채와 생선, 된장국,
그리고 토마토와 오이, 고추장과 된장이 나왔다.
재상은 이 정도면 훌륭한 아침이라고 생각했다.
하지만 늘 불평하는 사람들이 더러 있다고 하니,
그들의 평소 식사는 도대체 얼마나 화려한지 궁금할 뿐이었다.

오늘은 새벽부터 배가 고팠다.
재상의 식사는 항상 느리다.

하지만 옆에서 재상이 식사에 맞추어 템포를 늦춰
식사를 하는 친구, 그러한 친구들에게 고마움을 느낀다.

식사를 마치고 식당 문을 나서자,
이미 세부의 태양은 저만치서 타오르고 있었다.
그 뜨거운 열기 얼굴에 닿자,
한순간 세상의 모든 근심이 녹아내리는 듯했다.

정호는 자신의 여자와 함께 오랜만에 만난 한국인 선배와
라운딩을 간다며 먼저 카트를 타고 떠났다.
그 선배는 이곳에서 부부가 함께 정착해
골프 카트를 운영하는 박 사장이다.

남은 사람은 재상, 철식, 경희, 그리고 영숙이었다.
네 사람은 낡은 카트를 타고 출발했다.
한국과 일본 등 선진국을 비롯하여
베트남이나 태국도 매연이 나는 카트는 공해 문제로 없어진 지
오래되었는데 필리핀 메들린의 메르세데스 골프장 카트는
아직 재상이 일행에게 추억과 낭만을 제공하고 있었다.

한국처럼 뒤에서 몰아치는 뒤 팀이 없다는 것.
그것이야말로 이곳 필리핀 골프장의 가장 큰 장점이다.
누군가의 시선에 쫓기지 않고,

천천히 어드레스를 잡을 수 있다는 것.
공 하나를 치고 난 뒤에도 잠시 하늘을 올려다볼 여유가 있다는 게
이렇게 큰 행복일 줄 몰랐다.

재상은 문득, 얼마 전 한국에서 경험했던 한 장면이 떠올랐다.
그때는 뒤 팀의 카트가 줄 서서 대기하고 있었고
캐디는 멀리건 하나도 허락하지 않았다.
"빨리 치세요. 뒤 팀 기다려요."
그 말 한마디에 어깨는 굳고, 마음은 급해져 스윙은 엉망이 된다.
그런데 지금, 이곳 세부의 메르세데스 골프장에서는 여유가 있다.
이곳에서는 누구도 재촉하지 않는다.
시간이 흘러도, 태양이 조금 기울어도,
골퍼는 오롯이 자신의 리듬대로 골프를 즐길 수 있다.

경희가 말한다.
"마닐라 근교나 클락 같은 지역은
이미 한국 여행사들의 패키지 손님으로 한국보다 더 붐벼요.
그리고 거긴 한국보다 더 몰아쳐요."
철식이는 고개를 끄덕였다.
시간적 여유가 있는 골퍼라면,
공항에서 조금 떨어진 메르세데스나
퀸즈 골프장 같은 곳을 찾아야 한다.
비용은 훨씬 저렴하고, 무엇보다 '여유 있는 골프'를 즐길 수 있다.

이건 동남아 어디를 가도 마찬가지다.
진짜 골프의 맛은 조용함 속에 숨어 있다.

카트를 몰고 클럽 하우스로 가자,
재상 팀의 캐디 네 명이 클럽을 점검하고 있었다.
이 골프장은 인천의 어느 고급 골프장처럼
'원 캐디 원 백(One Caddie, One Bag)' 시스템이다.
플레이어 한 명당 전담 캐디가 배정되는 것이다.
그들의 손놀림은 능숙했고,
클럽을 닦는 동작에는 작은 자부심이 묻어 있었다.

물론 언제나 완벽한 건 아니다.
가끔 경험이 부족한 캐디는
자신이 맡은 플레이어의 공도 제대로 찾지 못해
핀잔을 듣기도 한다.
하지만 대부분의 캐디는 공의 방향, 거리,
그리고 플레이어의 습관까지 기억하고 있었다.
그들은 단순한 '보조자'가 아니라, 필드 위의 동반자다.

재상은 캐디의 손끝을 잠시 바라보았다.
햇볕에 그을린 손등 위로 흙먼지가 묻어 있었지만,
한국의 바쁜 골프장에서 잃어버렸던 따뜻함이
이곳에서는 살아 있었다.

5. 인연(因緣)의 시작

"굿 모닝, 썰!"
"굿 모닝! 만나서 반가워요."

경희 캐디는 젊은 남자였다.
햇빛에 그을린 피부 그리고 새벽부터 움직인 듯
이마에 맺힌 땀방울이 번들거렸다.
그는 경희를 향해 예의 바른 미소를 지으며
모자를 살짝 벗어 인사했다.
"굿 모닝, 마담."
그 한마디에 경희는 잠시 어색하게 웃었다.
낯선 이국 남자의 부드러운 음성에,
평소 냉정하던 그녀의 표정이 살짝 흔들리는 듯했다.

철식에게는 키는 작지만 눈빛이 야무지고,
언제나 웃음을 잃지 않는 착한 인상의 여자 캐디가 배정되었다.
그녀는 첫인사부터 밝았다.
"굿 모닝, 써! 오늘 날씨 베리 굿이에요!"

철식은 그 말에 덩달아 미소를 지었다.
"오케이. 그래, 베리 굿이야. 오늘 나 좀 잘 부탁해요."
그의 말투에는 장난기가 묻어 있었지만,
그 안엔 묘한 설렘이 섞여 있었다.

영숙의 캐디는 반대로 묵직했다.
허리띠 위로 살짝 튀어나온 옆구리 살,
모자를 눌러쓴 채 밝은 미소를 지은 그녀의 모습은
마치 학교 사감 선생님 같았다.
이름은 엘리나.
묵직한 체격에 비해 손놀림은 의외로 섬세했고,
한눈에도 오랜 경험이 느껴지는 베테랑이었다.
"마담, 오늘은 천천히. 릴랙스요."
하고 낮은 목소리로 말했다.
영숙은 그 말이 왠지 모르게 위로처럼 느껴졌다.

재상은 자신의 캐디를 향해 천천히 걸어갔다.
그녀는 재상의 검은색 골프 백 앞에서
조용히 클럽을 정리하고 있었다.
아이언을 하나하나 천으로 닦으며,
헤드 각도를 눈으로 확인하는 모습에서 묘한 진중함이 느껴졌다.
그녀는 고개를 들어 재상을 향해 살짝 미소 지었다.

그 순간,
재상은 이상하게도 가슴이 두근거렸다.
"굿 모닝, 써."
낯익은 듯, 그러나 처음 듣는 목소리였다.
재상은 어색하게 미소 지으며 답했다.
"굿 모닝!"

재상이 캐디는 캐디 모자와 햇빛 가리개를 둘러쓰고 있어
얼굴 전체는 볼 수 없었지만
스페인 계통의 이국적인 멋이 한층 우러나오는 젊고
아름다운 필리핀 여성이었다.

"유어 네임?"
"아임 소피아."

"뭐? 소피아라고?"

그 이름을 듣는 순간,
머릿속에 오래된 흑백 영화 한 장면이 스쳤다.
「해바라기」의 소피아 로렌.
전쟁 속에서도 사랑을 잃지 않던 여인, 그 강하고 슬픈 눈빛.
그러나 눈앞의 이 소피아는 그보다 훨씬 부드럽고 따뜻했다.

그가 잠시 넋을 놓은 사이,
뒤편에서는 다른 캐디 둘이 신참 남자 캐디를 향해
무슨 교육을 하고 있었다.
비사야어로 빠르게 오가는 대화 속에서
재상은 단 한 단어만 알아들을 수 있었다.

"빠따이."
죽음이라는 뜻이었다.

소피아가 눈짓으로 재상에게 속삭였다.
"Don't worry, sir. Just joke."
그녀의 미소는 잔잔했지만,
그 웃음 뒤에 이 나라의 가난과 고단함이
조용히 스며 있는 듯했다.

재상은 그때 처음으로 알았다.
필리핀은 영어가 공식 언어라지만, 이곳 세부에서는
대부분이 '비사야'라 불리는 지방 언어를 쓴다는 것을.
그의 귀에는 낯설고도 서글픈 어설픈 언어가 바람결에 섞여 들려왔다.

1번 홀의 티 박스 좌측은 동쪽이다.
아침 태양이 구름 사이로 찬란하게 비집고 나와
잔디 위를 푸른 보석으로 만들고 있었다.

이슬 맺힌 페어웨이가 반짝였고,
멀리서 바람결에 흔들리는 야자수 잎이
천천히 하루의 시작을 알리고 있었다.

"야, 재상아! 네가 먼저 해."
철식의 익숙한 목소리가 들려왔다.
"이놈은 항상 나 먼저 하라네. 알았어, 내가 간다."

재상은 심호흡을 크게 하고, 천천히 티 박스 위로 올라섰다.
한국에서 충분히 연습했다고 생각하여 자신감이 있었다.
하지만 이상하게도, 첫 홀은 언제나 긴장감이 돌았다.
마치 인생의 새로운 장을 여는 의식처럼.

재상이 워밍업을 하자, 캐디가 조용히 다가와
드라이버를 두 손으로 공손하게 건넸다.
그녀는 허리를 깊게 숙였고,
그 동작에는 어느 유명 골프장에서도 느껴 보지 못한 품격이 있었다.

재상은 잠시 웃었다.
마치 자신이 공작이나 백작이라도 된 듯한 착각이 들었다.
이국의 태양 아래, 작은 티 박스 위에서
한평생 그가 꿈꾸던 여유와 품위를 느낀 순간이었다.

"Left is hazard, right is O.B(왼쪽은 해저드, 오른쪽은 오비입니다)."
소피아의 음성이 부드럽게 흘렀다.
1번 티 박스에 오르자 본능적으로
왼쪽은 해저드 오른쪽은 오비라는 것을 알 수 있었다.
핀은 약간 왼쪽에 있었다.

재상은 고개를 끄덕였다.
페어웨이 왼쪽으로 보내면 핀까지 방해물도 없을 것이다.

그는 어드레스를 잡고, 천천히 백스윙을 했다.
몸의 힘을 완전히 빼고,
다운스윙 순간 공을 향해 집중했다.
임팩트의 묵직한 소리가 공기를 가르며 울려 퍼졌다.

"굿 샷!"
소피아의 밝은 목소리가 귀에 스쳤다.

공은 나무 티를 날아올라 하늘에 하얀 궤적을 남겼다.
그 비싼 한국 레슨비가 이 순간만큼은 값어치를 한 듯했다.

공은 목표보다 약간 오른쪽에 떨어졌지만 페어웨이 위였다.
왼쪽 해저드를 의식한 탓이었을 것이다.
그래도 충분히 만족스러웠다.

뒤이어 철식의 드라이버가 맑고 시원한 소리를 내며 날아갔다.
공은 깨끗이 페어웨이에 안착했다.
"좋았어, 오늘은 되는 날이야."
철식의 웃음이 잔디 위에 울렸다.

여자들도 레이디티로 향했다.
경희가 먼저 나섰고, 영숙이 그 뒤를 따랐다.
각자의 어드레스는 묘한 자신감이 배어 있었다.
깡!
경희의 공이 맑은 소리를 내며 하늘로 솟았다.
곧이어 영숙의 공도 그에 못지않게 곧게 뻗었다.

철식과 재상은 동시에 박수를 쳤다.
"굿 샷!"
"잘한다!"

재상은 중얼거렸다.
"아니, 이것들이 공만 치러 다녔나?
영숙이는 알바하느라 잠도 못 잤다더니 저 스윙 좀 봐라?"

그의 입가에 장난기 어린 미소가 번졌다.
"그나저나 예쁘기라도 하면 금상첨화일 텐데,
아니면 돈이라도 많든지."

그 소리에 철식이가 옆에서 웃었다.

드라이버를 서로 잘 보낸 모두는 카트에 함께 올라탔다.
이곳은 한국과 달리,
카트가 페어웨이 위로 바로 진입할 수 있다.

카트가 엔진 소리를 내며 앞으로 달리자
잔디 위로 바람이 밀려들었다.
재상은 양손을 벌리며 외쳤다.

"야, 이거 완전 서부영화다. 마차 타고 초원 달리는 기분이야."
철식이 맞장구쳤다.
"그럼 너는 보안관이고, 나는 현상수배범이냐?"

햇살은 점점 뜨거워졌고,
야자수 그림자가 길게 늘어졌다.
두 번째 샷을 준비하면서 그때 재상은 다시 뒤를 돌아봤다.
소피아가 아이언을 선택하고 있었다.
그녀의 머리카락이 바람에 흩날리고 있었다.

그 순간 재상은 문득 생각했다.
오늘의 이 라운드,
어쩌면 인생에서 또 다른 '첫 홀'이 될지도 모른다.

거리 목을 보고는
프런트 핀까지 130야드 남았음을 확인하였다.
드라이버 거리가 어느 순간부터 확연히 줄어든 것을 느낄 수 있다.

예전 같으면 이 정도 거리는 피칭이나 9번 아이언으로도 충분했다.
하지만 이제는 이야기가 달랐다.
재상은 어드레스에 들어가기 전,
잠시 클럽을 바라보며 세월을 인정하고 받아들이려 했다.

'그래, 뭐 어쩌겠어. 세월이 이렇게 흘렀는데.'
그는 속으로 중얼거렸다.
머릿속을 스친 것은 얼마 전 뉴스에서 본 최경주 프로였다.
아직 젊은 줄 알았던 그가
벌써 시니어 투어로 자리를 옮겼다는 소식.
시간은 누구에게나 공평했지만,
그 공평함이 잔인하게 느껴지는 순간이었다.

"야, 우리 티 박스를 시니어로 옮길까?"
재상이 일부러 장난스럽게 말했다.

철식이 바로 반응했다.
"야, 너나 해! 우리가 무슨 영감이냐?"
목소리에 묘한 불편함이 섞여 있었다.

재상은 그 말에 피식 웃었다.
"그래, 아직 젊지. 뭐, 그래도 슬슬 준비는 해야 할 나이지."

철식은 아직 세월을 인정할 준비가 안 된 듯했다.
하지만 재상은 알고 있었다.
예전보다 회전이 덜 되고,
비거리는 조금씩 짧아지고 있다는 걸.
그럼에도 그는 억지로 웃으며
"괜찮아, 스윙만 부드러우면 돼."
하고 스스로를 달랬다.

캐디에게 다시 물었다.
"하우 롱?"
소피아가 클럽을 들고 잔디를 바라보며 짧게 대답했다.
"백삼십."
그리고 덧붙였다.
"Against wind, sir(맞바람이에요)."

한국 사람이 많이 찾는 필리핀 골프장이라
대부분의 캐디들이 간단한 한국말을 할 줄 알았다.
하지만 소피아의 발음은 유난히 또렷했다.

재상은 고개를 끄덕였다.

130야드, 예전엔 8번이었지만
지금은 7번이 딱 맞을 거리였다.
그는 잠시 클럽을 바라보다 말했다.
"칠 번."

소피아는 가볍게 고개를 숙이며 대답했다.
"Yes, sir."
그리고는 잔디 길을 따라 멀리 카트 쪽으로 달려갔다.

잠시 후, 그녀가 양손에 7번 아이언을 들고 돌아왔다.
드라이버를 건넸던 때와 마찬가지로
두 손으로 공손히 허리를 숙이며 클럽을 내밀었다.
그녀의 손끝이 살짝 떨렸지만,
그 동작에는 진심이 담겨 있었다.

'아! 이 감동.'
재상은 속으로 중얼거렸다.
정말 대접받는 느낌이었다.
소피아가 두 손으로 공손히 클럽을 건네던 그 짧은 순간,
그는 묘한 기분을 느꼈다.
이국의 햇살 아래에서,
그는 비로소 '존중받는 사람'이라는 감정을 되찾은 것이다.

문득 얼마 전 한국에서의 일이 떠올랐다.
한 번 멀리 건을 부탁했을 뿐인데
캐디의 냉소 섞인 표정과 뒤 팀의 눈총이
그의 자존심을 송두리째 흔들어 놓았었다.

비싼 그린피를 내고도
마치 빚진 사람처럼 서둘러야 했던 한국의 골프장.
그때 느꼈던 씁쓸함이 아직도 지워지지 않았다.

'돈은 내가 냈는데, 왜 내가 미안해야 하지?'
그때 느꼈던 분노가 다시 치밀어 오르고 있었다.
하지만 이곳 세부의 부드러운 바람과
공손한 캐디의 태도 앞에서 화는 금세 사라졌다.

재상이는 그녀가 힘겹게 갖다준 7번 아이언을 들고
그린을 향해 자신 있는 샷을 하였다.
"뽈~"
재상이 캐디가 큰 소리로 재상이의 비극을 알리고 있었다.
재상이의 세컨드 볼이 한국에서처럼 생크가 난 것이다.

"이런, 이게 왜 이러지?"
재상이는 연습 스윙을 다시 휘두르면서 침울해지기 시작했다.
하지만 표정을 잃지 않으려 미소를 지었다.

기분 전환을 위해 캐디 소피아에게
"유아 마이 데스티니(You are my destiny)."라고 농담을 건넸다.
재상이는 캐디에게 '당신은 나의 운명'이라고 말한 것이다.
그녀는 웃으면서 농담을 "땡큐."로 받았다.

철식이의 세컨 볼은 그의 컨디션하고 아무 상관 없이
보기 좋게 투 온에 성공하였다.

한국에서와 마찬가지로 생크가 나자
이제는 공이 두려워지기 시작했다.
'골프가 뭐라고! 내가 왜 이리 소심해졌지.'
재상이는 자신을 나무라고 있었다.

이제는 아이언을 보기만 해도 경기가 들릴 정도다.

페어웨이는 제주도 골프장처럼 양탄자 위를 걷는 느낌이었는데
공이 맞지 않으니 재상이만 점점 심각해지고 있었다.

소피아는 재상이의 생크를 잡아 주려 동반자에게 양해를 구하며
멀리건을 여러 번 주면서 다시 한번 쳐 보라고 하였다.
다행히 철식이와 여자애들은 재상이가 공을 여러 개 쳐도
웃으며 기다려 주었다.

한국의 정규 홀에서 있을 수 없는 일이 여기서는 가능한 것이다.

세상에, 이렇게 착실한 캐디도 다 있나 싶을 정도였다.
그 얄미운 한국 캐디가 다시 생각났다.
하기야 그 캐디가 무슨 잘못인가?
한 푼이라도 더 벌려는 골프장의 영업 욕심 때문에 벌어진 일인데
애꿎은 캐디만 욕을 먹는 것이다.

'자식하고 골프는 내 맘대로 안 된다더니….'
재상이는 슬펐다.
어쩌다 내 골프가 이렇게 되었나.
그래도 전에는 싱글까지 했다는 자부심으로 살았는데.

이제는 변명하기도 부끄러운 현실이 쓰라렸다.
운동은 운동 자체로 즐겁게 즐겨야 하는데
사람의 욕심 때문인지 그게 잘 되지 않는다.

그때
"야~ 우리 이제 서로 워밍업도 하였으니 저녁 내기하자."
철식이가 내기를 제안하였다.

'이놈이 이제 망가진 내 모습을 보더니
나를 완전히 호구로 보는군.'

재상이는 씁쓸하였다.

경희와 영숙이가 오케이를 하자
재상이 대답은 듣지도 않고 철식이가 게임 룰을 정하였다.

"꼴찌 두 명이 저녁을 사는 거야. 오케이?"
"오케이."
영숙이도 신이 나서 큰 소리로 대답하였다.

재상이의 망가진 현실은
동반자에게 기쁨과 즐거움이 되고 있었다.

골프에서 도시락은 비기너를 뜻한다.
재상이는 그동안 이 정도의 골프 수준을 만들기 위해
수많은 수업료를 지불하였다.

도시락에서 벗어난 것이 오래전 일인데
이제 이곳 머나먼 필리핀까지 와서
다시 도시락 노릇을 해야 한다니.

어쨌든 누가 됐든 도시락이 하나 있다는 것은,
동반자에게 큰 위안이 된다.
그 대상이 재상이라는 것이 안타까울 뿐이다.

세 번째 홀은 파3(Par3) 200야드다.
아마추어에겐 약간 부담 가는 거리다.
힘 좋은 철식이는 그의 스타일대로 5번 아이언을 들고
그린 왼쪽에 공을 떨어뜨렸다.

재상이는 자신 있는 5번 우드를 가지고 고민을 하다가
연습 스윙 없이 핀을 향해 스윙을 하였다.

"굿 샷!"
모두들 굿 샷을 외쳤다.
소피아가 재상이에게 손을 높이 들며 하이파이브를 하였다.

"와!"
핀에 거의 붙은 것 같았다.

재상이는 티 박스에서 내려오며 철식이 얼굴을 힐끗 쳐다보았다.
여자애들 표정도 마찬가지로 긴장한 표정이 역력하였다.

도시락이라고 생각했던 재상이의 공이
내기에 들어서자 달라졌다며 한마디씩 한다.

버디 기회다.
죽어 있던 재상의 얼굴이 다시 살아나기 시작하였다.

이놈의 골프가 뭔지 한 타 한 타에 일희일비(一喜一悲)하고 있으니
어이없는 웃음이 나왔다.

"레이디티는 왜 이렇게 멀어?"
경희가 한마디 하였다.
레이디티는 170야드다.
여자 파3치고는 먼 편이다.
하지만 힘이 좋은 경희는 우드로 온 그린을 하였고
영숙이는 드라이버로 온 그린을 시켰다.

이번엔 모두 카트에 올라타고 그린을 향해 함께 달렸다.
"오빠! 내기하니까 눈빛이 달라지네?"
경희가 재상이를 경계하기 시작했다.

"오늘 저녁 뭐 먹으러 갈까?"
영숙이가 입맛을 다시고 있었다.

가까이 붙은 줄 알았던 재상이 공이
약 7미터 정도 떨어져 있었다.
어쨌든 온 그린 버디 찬스다.

철식이는 멋진 어프로치로 볼을 핀에 붙이고
오케이를 받아 파를 하였다.

이제 재상이가 7미터 버디 퍼팅을 하기 위해 라이를 살피고
캐디에게 공을 주면서 그녀의 경험을 믿기로 했다.
"레프트 원 컵!"
"오케이."
재상이는 소피아가 놓은 공이 자신의 생각과 일치한다는 생각에
주저 없이 홀을 향해 스트로크를 하였다.

"아야~"
하지만 소피아가 필리핀 억양으로 안타까워 소리를 질렀다.

재상이의 공은 홀 컵 1미터나 남기고 홀 앞에서 멈추고 말았다.
라이만 신경 쓰다가 그린이 느린 것을 까먹은 것이다.

이놈의 메르세데스 골프장은 그린이 느리기로
소문이 나 있는데도 매번 한국에서의 습관을 버리지 못한 것이다.

"이런 바보."
재상이는 자신을 질책하였다.

"와~ 오빠 멋져!"
먼저 파로 끝낸 경희와 영숙이가 비아냥으로
재상이 심경을 뒤집어 놓았다.

"야! 오케이다, 오케이야."
철식이가 안쓰러운 듯 오케이를 주자
"아니야, 마무리할 거야."
재상이는 자존심이 상했다.
마지막 퍼팅을 넣어서 자존심을 지키고 싶었다.

하지만 이놈의 골프가 어디 뜻대로 되는가?
홀은 재상이의 의지와 상관없이 가까운 거리를 허락하지 않았다.
파도 못 하고 보기를 하고 만 것이다.

인간은 그 잘나 빠진 자존심 때문에 작은 손해를 볼 때가 많다.
OK를 주었을 때 자존심을 버리고
고맙다는 인사를 하고 받았으면 아무 문제가 없었을 텐데
그놈의 알량한 자존심 때문에 낭패를 보고 만 것이다.

재상이의 비극은 모두에게 기쁨,
그리고 계속되는 즐거움이었다.

4번 홀 358야드에서 재상이가 파를 했지만 경희가 버디를 하였다.
다행히 영숙이가 보기를 하여 버디 값만 재상이 주머니에서 나갔다.

5번 홀 티 박스에 올라간 철식이가 다급한 소리로
"야! 나 4번 홀에 지갑을 놔두고 왔어."

지갑을 놔두고 왔다며 급히 카트를 반대 방향으로 몰았다.
재상이는 캐디들과 함께 그가 올 때까지 무작정 기다리고 있었다.

잠시 후 카트 소리가 나더니 철식이가 돌아왔다.
"아! 미안! 곰곰이 생각하니 아침 식탁에 둔 거야.
그래서 식당까지 갔더니 카운터 직원이 잘 보관하고 있더라.
팁으로 100페소 주고 오느라 늦었어, 미안해."
"다행이다. 이곳은 그래도 양심이 살아 있네."

하지만,
철식이의 행동은 여유 없는 재상이의 리듬을 완전히 깨 버렸다.
520야드 파5에서 보기,
계속되는 아이언 섕크 때문에 위기가 왔지만
그래도 구력이 있어 어프로치와 퍼팅으로 파 보기를 하며
세이브를 지켜 나갔다.

8번 홀 파3 140야드다.
앞에 작은 해저드 숲이 있지만 그린은 넓은 편이다.
철식이의 공은 온 그린이 되었지만
그린이 넓다는 것을 증명이라도 하듯
홀과의 거리가 내리막 20미터가 넘어 보였다.

재상이가 티 박스에 올라가자 타오르는 태양이

재상이의 속 타는 마음을 더 태우고 있었다.

재상이는 벌컥벌컥 남아 있는 생수 한 병을 숨도 안 쉬고 비웠다.
"소피아, 6번."
조금 전 파3에서의 악몽을 떠올리며
'병가지상사(兵家之常事), 하지만 이번에는 실수를 하지 말아야지.'
하면서 클럽 페이스가 핀을 향하도록 컨트롤 샷을 하였다.

"와~ 홀인원인 줄 알았어."
영숙이가 기뻐하며 재상이에게 하이파이브를 하였다.
그러면서 버디 댄싱이라며 엉덩이를 좌우로 흔들며 춤을 추자
캐디들도 따라 춤을 추며 모두를 웃게 만들었다.
소피아도 기뻐하며 "올모스트(Almost)."라고 하였다.
"붙었어!"

재상이는 속으로 '이놈들아, 그래도 내가 아직 죽지 않았어.'
소피아 캐디가 퍼터를 주기도 전에
먼저 퍼터를 집어 들었다.

경희의 공은 핀 5m를 남겨 두고 얄밉도록 잘 붙였다.
하지만 영숙이의 티 샷이 왼쪽 숲으로 날아가자
멀리 건 하나를 더 달라고
재상이에게 조르고 있었다.

그녀의 간절함에 재상이가
"그래. 멀리건 하나 해라, 해."
그 소리와 동시에 냉정한 철식이가
"안 돼."
하면서 거절하자

"씨발, 재상이 오빠가 오케이 했잖아."
순간 분위기가 싸해지기 시작했다.

그녀는 허스키한 목소리로
"쓰~발, 그거 하나 주면 어디가 덧나냐?"
철식이가 밉다며 카트에 올라타면서 전자 담배를 입에 물었다.

골프는 복잡한 운동이다.
내기가 없으면 너무 긴장감이 없고
내기를 하면 바닥에 깔려 있는 성품이 드러난다.
그로 인해 마지막 자존심까지 건드려
서로에게 상처를 입힐 때가 종종 있다.

결국 재상이는 버디를 하였고 영숙이만 더블을 하였다.
하지만 그 이후에도 재상이의 아이언 섕크는
재상이를 계속 괴롭혔다.

정말 더 이상 골프가 싫어지기 시작했다.
이제 나이가 들었는지 여기저기에 근육통이 생겨나고
아프고 불편하였다.
이제 골프가 안 되는 이유가 108개를 넘어서고 있었다.

그러고 보니 프로들은 전국을 투어하며
가끔 아픈 컨디션을 이겨 내며 플레이를 한다고 하는데
아무리 젊지만 그들이 대단하다고 생각되었다.
아니, 우승 상금을 생각하면 아플 틈이 어디 있겠는가?
모든 게 마음먹기에 달려 있을 것이다.

측은한 재상이에게 소피아는 파이팅을 계속 외쳐 주었다.
이제 수지 생각은 재상이 머릿속에서 완전히 떠나 버렸다.
얄미운 계집, 수지.

두 한국 여자는 재상이와 소피아를 향해
"오빠! 뭐 하는 거야? 너무 다정해 보여."
"이게 뭐야? 질투 나잖아."

전반전이 끝나 갈 무렵, 더위를 못 참겠다며
철식이가 엄브렐라 걸을 요청하였다.

엄브렐라 걸과 캐디의 하루 일당은 똑같다.

잠시 후 카트를 타고 도착한 엄브렐라 걸은 너무 예뻐 보였다.
이름은 루시나라고 자기소개를 하였다.

철식이가 나이를 묻자 그녀는 18살이라고 하였다.
그 나이에 벌써 아이가 하나 있다는 말에
우리나라 고등학생 아기 엄마 프로그램이 생각났다.
아이 아빠는 애를 낳자마자 어디론가 떠나 버려
싱글 맘이 되어 자신이 애를 키우고 있다고 하였다.

우리나라는 서른이 넘어도 아이 가질 생각을 하지 않는데
이곳은 18살에 벌써 아이가 있다.
그보다 더 웃기는 일이 생겼다.
철식이가 엄브렐라 걸 우산을 낚아채더니
우산을 오히려 엄브렐라 걸에게 씌워 주는 게 아닌가?

캐디들은 플레이어의 클럽을 바꿔 주려 계속 뛰어다녀야 하고
공을 못 찾으면 못 찾는다며 핀잔을 받는 반면
엄브렐라 걸은 예쁘다는 이유 하나만으로 공주 대접을 받고 있으니
캐디들의 질투는 하늘을 찌르고 있었다.

더군다나 그늘집에 도착하자 철식이는 한술 더 떴다.
"루시나! 너만 비싼 거 먹어."

여기 메르세데스 골프장은 앞 팀도 없고 뒤 팀도 보이지 않는다.
고요한 필리핀의 적도 하늘엔 타오르는 태양만 있을 뿐이다.

그늘집에서 철식이와 재상이는 시원한 막걸리를 마시며
세부섬의 아름다운 하늘과 바다에 잠시 취해 가고 있었다.

재상이는 페트병에 든 코코넛을 하나 들고
다음 홀로 먼저 걸어갔다.
소피아가 캐디들과 쉬다가 재상이를 보더니
말없이 재상이 뒤를 따랐다.

"어! 소피아! 가서 쉬세요. 나 혼자 프랙티스할 거야."
재상이는 소피아에게 말했다.
하지만 소피아는 재상이 뒤에서 아이언 연습을 지켜보고 있었다.

'정말 괜찮은 여인이다.'
생각하며 공 몇 개를 잔디에 놓고
피칭과 5번 아이언을 들고 연습을 하였다.

누가 한국 정규 홀 어디에서
플레이 중에 연습 공을 칠 수 있단 말인가?

공 4개째부터 공이 제자리를 찾아가기 시작하였다.

이제 리듬을 찾은 것 같았다.
그놈의 감이 돌아온 것이다.

11번 홀 우측에는 검은 모래가 작은 무덤을 이루고 있었다.
"저게 뭐예요?"
"개미집이에요."
엘리나가 조용히 알려 주었다.
"뭐?"
이 정도의 집을 짓기에는 아무리 부지런한 개미라 해도
많은 세월이 필요했을 것이다.
그것이 이 골프장의 역사인 것이다.

15번 홀 160야드 파3 홀 재상이에게 다시 기회가 찾아왔다.
그린 가까이 양식장이 있고
멀리 보이는 곳이 보고 시티라고 하였다.

태양을 피하기 위해 골프 우산을 들고 라이를 살피자
소피아가 재상이 우산을 받아 라이를 같이 살폈다.

라이를 살피면 뭐 하나.
이번엔 빠른 그린에 적응 못 하고 결국 3퍼팅을 하고 말았다.

6. 아다지오

지금까지의 스코어는 경희가 가장 좋았고, 그다음은 철식이었다.
철식은 재상보다 3타 앞서 있었고,
영숙도 재상보다 1타 앞서 있었다.
경희는 햇살을 한껏 즐기며,
"아~ 골프! 진짜 재미있어!"
태양을 바라보며 마음껏 비타민 D를 마시고 있었다.

이제 마지막 홀에서 재상이는 이글을 한다고 해도
경희는 이길 수 없다.
하지만 영숙은 상황에 따라 역전이 가능했다.

'이게 뭐라고, 이젠 하늘에 맡기는 수밖에 없지.'
그래도 만약 이기면 오늘 저녁은 공짜다.
내기에 지고 사는 밥과
게임에 이기고 사는 밥은 기분이 다르다.

골프는 인내다.

오늘따라 예상외로 철식이의 플레이가 좋았다.
마지막 홀까지 무너지지 않고 잘 버티고 있었다.
철식은 마지막까지 드라이버 샷을 경쾌하게 날렸다.
"굿 샷!"
경쟁을 떠나 진심으로 박수를 보냈다.
여자들의 좋은 샷에도 아낌없는 박수를 보내 주었다.

재상이의 마지막 드라이버 티 샷은
왼쪽 언덕 아래 해저드 방향으로 날아가더니 보이지 않았다.

'제발 해저드만은 피했기를.'
하지만 언덕 아래에서 공이 보이지 않자 낙심했다.
그때, 소피아가 외쳤다.

"얼라이브! 볼, 여기 살아 있어요!"
"뭐? 살았다고?"
꺼져 가던 재상의 불꽃을 소피아가 되살린 것이다.
하지만 공은 거친 풀 위에 놓여 있었다.
'이걸 칠 수 있을까?'
언플레이어블 볼 선언을 고민하고 있을 때,

소피아가 말했다.
"여긴 늪지대예요. 무벌타로 공 옮기고 치세요."

구세주 같은 말이었다.
'야, 한 클럽이야. 우리가 뭐 PGA냐?'
재상은 적당한 위치를 골라 공을 놓고,
5번 우드를 들어 핀을 향해 스윙을 했다.
공은 한풀이라도 하듯, 똑바로 그린을 향해 날아갔다.

"굿 샷!"
소피아의 박수 소리에,
재상은 다시금 자신감을 되찾았다.

철식을 먼저 보내고,
오랜만에 여유를 갖고 소피아와 나란히 걷기 시작했다.
적도의 태양은 구름에 잠시 가려졌지만,
여전히 강한 자외선을 내뿜고 있었다.
"소피아, 한국 알아요?"
"네. 드라마, 케이팝 좋아해요. 저, 한국 꼭 가 보고 싶어요."
"비자 받기 어렵다면서요?"
"네, 관광 비자도 통장 잔고 같은 걸 증명해야 해요."
"그렇구나."
"사실 저는 한국에 취업하고 싶어서, TOPIK 시험 준비 중이에요.
한국의 겨울 눈도 보고 싶고, BTS도 보고 싶어요."
그녀는 아이 하나인 엄마였다.
하지만 꿈을 이야기할 때는,

한국의 어느 젊은 여성과 다를 바 없는 눈빛이었다.

"아, 그래요! 그럼, 다른 나라는 가 본 적 있어요?"
"네, 전에 사우디아라비아에 일하러 간 적 있어요."
"리야드?"
아, 어쩐지 다른 캐디들보다 세련돼 보인다고 생각했는데
재상은 문득, 예전에 봤던 뉴스가 생각났다.
많은 필리핀 사람들이 홍콩이나 대만, 싱가포르에
가정부로 해외 취업을 나간다는 이야기다.
소피아도 혹시 그랬던 걸까?
재상은 더 이상 묻지 않았다.

필리핀은 제조 공장이 별로 없다.
다만 인구가 1억이 넘어 인적 자원이 풍부한 나라다.
그러기에 많은 필리피노가 해외에서 외화벌이를 하여
본국 가족을 먹여 살리고 있다.

다행히 우리나라는 박정희 대통령의 의지 덕분에 30~40년 후
선진국 반열에 올라간 반면, 필리핀은 같은 시기 부패한
마르코스 정부에 의해 한 치 앞으로도 나아가지 못하였던 것이다.
국가 지도자의 의지와 도덕성이 얼마나 중요한지를 보여 주는
단적인 예다.

"혹시 골프 칠 줄 아세요?"
"예스, 아이 캔."
소피아는 어느 강사의 목소리처럼
아주 간단하고 명확한 목소리로 대답을 하였다.
"저는 한국 사모님들이
드라이버, 아이언, 우드를 저에게 하나씩 선물로 줬어요.
그리고 우리 캐디들은 적은 비용으로 라운딩을 할 수 있어요.
그래서 조금 배웠어요."

"아, 그래요? 몇 개 치세요?"
"그냥 보기 플레이어예요. Ha ha."
"언젠가 기회가 되면 같이 한번 칩시다."
"네, 언제든지 오케이입니다."

철식이가 핀을 바라보며 스윙 자세를 취했다.
철식이는 매 홀 캐디에게 방향을 확인하고 샷을 하였다.

옆에서 지켜보던 재상이는
"이놈이 무너질 때가 되었는데."
흐트러지지 않는 철식이가 무너지길 은근히 바라고 있었다.
"이놈이 오늘 평소 같지 않게 잘 치네."
그때

"뽀~르!"
익숙한 '뽈' 소리를 철식이 캐디가 외쳤다.
재상이의 기대를 저버리지 않고,
철식의 볼은 왼쪽 해저드로 곧장 빨려 들어갔다.
"오비 아니야?"
재상은 철식이 캐디에게 물었다.
해저드인 줄 뻔히 알면서도, 괜히 오비라고 던졌다.
"야, 여기가 무슨 오비냐?"
철식이 얼굴빛이 붉게 변하고 있었다.
"노~우."
캐디는 고개를 크게 좌우로 흔들며 해저드라고 말했다.

"어휴~ 양반 체면에 욕은 못 하겠고. 씨~발."
철식은 해저드 티로 가서 볼을 다시 놓고,
뒤에 있는 영숙의 샷을 기다렸다.
영숙이도 재상이의 기대를 저버리지 않았다.
그녀의 샷은 뒤 땅을 치며 50미터도 날아가지 못한 것이다.
아마 체력이 바닥난 것 같았다.

"에이, 씨~바르!"
그 순간, 철식의 엄브렐라 걸이 소리쳤다.
"뱀 샷~!"

누구한테 배웠는지 그 말에 자신이 먼저 깔깔대며 웃는다.
깐깐한 철식마저 어이없어 따라 웃고 있었다.
한국 같았으면 이런 상황에 플레이어에게 한 소리 들었을 텐데,
이곳은 필리핀.
낙천적인 이 나라에선, 그런 일쯤 웃고 넘기는 게 당연한 일이다.

어쨌든, 오늘의 진짜 승자는 영숙이었다.
재상이도, 철식이도, 심지어 경희까지도 그녀 덕에 많이 웃었다.

경희는 실수 없이 우드로 공을 그린 앞까지 잘 보냈다.
영숙도 긴장을 풀었는지,
이번엔 정확하게 경희 근처에 공을 떨어뜨렸다.

해저드 근처에서 세 번째 볼을 철식이가 이를 악물고
그린을 향해 힘껏 우드를 휘둘렀다.
"야! 너는 역시 내 친구야."
"뽈~"
재상이와 캐디가 "뽈~" 하고 소리를 질렀다.
이번에는 볼이 우측 숲으로 사라져 버린 것이다.

철식이와 캐디들은 철식이 볼을 찾느라 정글을 뒤지고 있었다.
"오빠, 그만 찾아."
경희가 공 찾는 것을 멈추게 하였다.

아무리 필리핀이지만 이러다가 밤을 새워 볼을 찾을 기세였다.

재상의 샷은 그동안 원래의 폼을 잊어버리고 공을 칠 때
아이언과 함께 클럽 페이스가 너무 빨리 열리는 바람에
오른쪽으로 생크가 나고 있었던 것이다.

수십 년을 한 이 운동을 한동안 쉬었다고 루틴이 망가진 것이다.
골프라는 운동은 정말 손톱만큼이나
마음의 오차도 허락하지 않는 민감한 운동이다.

삼박자 중 어느 하나만 어긋나도 공이 말을 듣지 않는다.

"아~ 이렇게 기쁠 수가."
골프, 이게 뭔데 사람을 웃고 울리는가?
누가 골프를 인생이라 하였는가?

철식이는 5온에 3퍼팅을 하여 92개.
경희는 81타를 쳐서 우승.
영숙이는 5온에 2퍼팅을 하여 93개를 쳤다.
영숙이가 우승이고 철식이와는 동타가 되었다.
라운딩을 마치고, 모두들 기념사진을 찍기 위해
뭉게구름과 야자수를 배경으로 섰다.

"재상아, 빨리 와!"
"오빠, 같이 찍어요!"
하지만 재상은 조용히 웃으며 사진을 거절했다.
대신, 캐디들에게 고마움의 표시로 팁을 더 얹어 주었다.

소피아에게는 눈을 마주치며 조용히 말했다.
"I want to see you again."
진심이었다. 정말, 다시 만나고 싶었다.
애프터 신청을 하고 싶었지만, 그건 마음뿐이었다.

클럽 하우스에 도착하자,
먼저 라운딩을 마친 정호가 담배를 피우며 말했다.
"잘 쳤냐?"
"어, 그래. 오늘 재미있게 쳤어."
철식의 표정을 보자, 정호는 눈치챈 듯 말했다.
"야, 배고픈데 밥이나 먹으러 가자.
오늘 안되면, 내일 잘되겠지."
정호 특유의 낙천적인 한마디가
오늘 하루의 긴장을 따뜻하게 마무리해 주었다.

"인사해, 형님이야."
정호가 형님이라고 소개하는 사람은
이곳 골프장 카트를 운영하는 박 사장이다.

이름은 박주한이라 하였다.

카트 박 사장은 이곳 가난한 캐디들에게
매월 말일 쌀을 기브하고 있었다.
이 기부를 매우 자랑스럽게 생각한다며 재상이에게 말했다.

가끔 질 나쁜 한국인들 때문에 한국인 이미지가 좋지 않은데,
박 사장의 기브 행위는 한국인의 이미지를
쇄신시키기에 충분한 이벤트임에는 틀림없었다.

재상이는 박 사장에게
"형님의 선행은 충분히 자랑할 만합니다.
박수를 보냅니다."

식당에 정호가 나타나자 식당 필리피노 종업원들은 모두 합창하듯
"미스터~ 리!"
박수와 함께 환호를 지르기 시작했다.

이유는 정호의 팁이었다.
종업원들은 정호가 나타나자 한 줄로 줄을 섰다.
정호는 열 명이 넘는 식당 종업원에게
50페소씩 나누어 주며 답례 인사를 대신하였다.

정호는 필리핀에 머무는 한 달 동안
매일 그들에게 팁을 선사한다고 하였다.

재상이는 정호 팁을 계산해 보았다.
14명에 50페소는 대략 700페소, 한국 돈으로 18,000원이었다.
정호는 18,000원으로 이 골프장을 휘어잡고 있었다.

"아니! 저놈의 진짜 에너지는 어디서 나는 거야?"
어젯밤 여인을 위해 에너지를 다 썼을 텐데
아직 팔팔한 게 알 수 없는 놈이었다.

재상이는 철인 3종 경기를 마친 선수처럼 축 늘어져
정호가 따라 준 소주를 한 모금 마셨다.
이제야 필리핀 세상이 제대로 숨 쉬고 있다는 생각이 들었다.

"정호야, 나 고민이 생겼어."
"뭔데?"
"나 좋아하는 여자가 생겼어."
"뭐? 여자? 무슨 여자?
우리 재상이를 홀리게 한 년이 누구야?"

재상이는 소주 한 모금을 더 마신 후,
"아니야."

"뭔데, 말해 봐."
정호는 이 빌리지 제국에서 왕이라도 된 듯
재상이의 소원을 다 들어줄 기세였다.

"그나저나 갑자기 웬 여자야?
마누라 눈치 보느라 여자 꽁무니도 못 찾는 놈이."
"아니야! 다시 한번 생각해 볼게."

"야~ 뭘 망설이는 거야?"
"아니, 우리 나이에~ 무슨 여자야."
"야! 네 나이가 어때서, 아직 팔팔해!
야! 그냥 내가 소개해 주는 애 만나.
내가 너를 위해 찍어 둔 애가 있으니 무조건 한번 만나 봐."

성질 급한 정호는 핸드폰을 집어 들더니
핸드폰 속의 저장된 여인을 찾았다.
"결혼은 하지 않았는데 아이가 있어.
아이가 아들인가 하나 있는 걸로 알고 있어."

"야~ 오빠다, 오빠."
정호는 친오빠처럼 그녀를 불러냈다.

"야! 이따 까사델마로 와!
전에 오빠가 말한 사람 소개시켜 줄게."

"뭐? 오빠?"
그녀는 한국말을 조금 할 줄 알고 있었다.
"하여튼 바로 세븐일레븐 삼거리 앞으로 나와. 알았지?"

정호는 앞에 앉아 있는 여자들은 투명 인간 취급했다.
두 여자는 자존심이 상한 얼굴로
"오빠, 도대체 뭐 하는 거야?"
"야! 내 친구가 좋아하는 여자가 생겼다잖아.
너희들도 축복해 줘."

"나 참, 기가 막혀서."
뭔가 막혀 있던 두 여자에게 재상이의 일은
일을 더 복잡하게 만들고 있었다.
"야! 뭐 해? 드라이버 빨리 불러."
식당 종업원에게 데이비드를 빨리 찾아오라고 주문하였다.

정호는 20년 넘게 필리핀을 다녔다.
마닐라, 클락, 민다나오 등 여러 곳을 다녀 보았지만
세부 북부 여기 메들린보다 매력적인 곳은 없다고 하였다.

어린 시절 멋모르고 주먹 세계에 있었던 정호는
환갑이 넘은 지금도 '형님' 하는 말투나
언행이 아직도 조폭 느낌이 묻어 있었다.

아마 정호의 파워에 그녀가 약속 장소로 오는 것인지
아니면 수년 동안 쌓아 온 정호의 신뢰가
바닥 밑바탕에 있는 것인지 알 수는 없지만
어쨌든 여기는 정호의 세상이었다.

재상이 일행이 까사델마로 돌아가던 중
"야! 재상아, 여기서 내려.
여기 삼거리에서 만나기로 했으니 조금 기다리자."

잠시 후 그녀가 검은 헬멧을 쓰고 재상이 앞에 나타났다.
영화 속 주인공처럼 청바지에 청재킷은
이곳 날씨에는 약간 더울 것 같지만
그녀가 한껏 자신의 몸매를 뽐내기에는 충분하였다.

그녀는 헬멧을 벗으며 재상에게 가벼운 눈인사를 지으며
자신이 가지고 온 헬멧을 재상에게 주었다.
"아니! 당신은 소피아?"
"아, 미스터 김!"
둘은 서로 놀라는 표정으로 바라보았다.

"아니, 둘이 아는 사이야?"
"오늘 라운딩 내 캐디였어."
"아! 그래 잘됐네. 우리가 먼저 갈 테니 따라와."

오토바이 경험이 처음인 재상이는
엉거주춤 소피아 뒤에 앉았다.
소피아는 재상이 팔을 당기며
자신의 허리를 꼭 잡으라고 하였다.
그리고는 액셀을 힘껏 돌렸다.

"살다가 별 여자 오토바이를 다 타 보네."
재상이는 부끄러운 듯 혼잣말을 하며
소피아 뒤에 앉아 떨어지지 않으려
그녀에게 더욱 바짝 붙어 허리를 꼭 안았다.

"꽈당탕!"
소피아의 오토바이가 끼익~ 다급한 소리를 내며 멈췄다.
앞을 볼 수 없었던 재상이는 사고가 난 줄 알고
소피아의 허리를 꽉 잡았다.

턱 끈을 제대로 매지 않은 재상이의 헬멧이
속도가 붙자 바람에 저 멀리 날아가 버린 것이다.
마침 뒤에서 오던 젊은 청년이 주워서 친절하게 건네주었다.

"친절한 필리피노 사람들."

까사델마에 도착한 경희와 영숙이는
뒤따라 도착한 소피아에게 인사도 없이 방으로 들어가 버렸다.

어느덧 석양이 짙게 깔리기 시작한 까사델마에
정호가 주문한 삼겹살을 관리인이 사 가지고 왔다.

"야! 얘들아, 전부 모여!"
정호는 부탄가스에 불판을 얹어 놓고
상추와 밑반찬을 능숙한 솜씨로 준비하였다.

한국에서 가져온 쌈장을 꺼내면서
수저와 젓가락을 하나씩 나누어 주었다.
정호가 보기보다는 가정적이고 다정한 멋이 있다는 것을 새삼 느꼈다.
우리는 그동안 살면서 한쪽 면만 보고
친구나 주위 사람을 평가하는데
여행을 통해서 그 다른 한쪽을 알 수 있게 된다.

"야, 근데 철식이는 어디 있냐?"
"어? 철식이?"

영숙이와 경희도 방에서 나와 까사델마 작은 해변을 거닐다가
정호의 삼겹살 굽는 냄새에 불판 앞으로 모여 앉았다.

"그 오빠, 아까 엄브렐라하고 약속 잡는 것 같던데."
"뭐? 엄브렐라? 그놈 빠르기도 하다."
정호가 허탈한 웃음을 지었다.

"오늘 내기로 한 저녁은 다음에 먹기로 하고
오늘은 삼겹살이나 먹자."
"오케이."
"건배!"

"석양이 인생과 청춘을 찾고 있다. 건배!"
재상이가 문학청년이 되어 건배를 제안하였다.
까사델마가 어둠으로 물들자 밤하늘에 별들이 쏟아지기 시작했다.
"야! 저 하늘의 별 좀 봐."

재상이는 잠시 실로 오랜만에 박인환의 시
「목마와 숙녀」를 낭송하기 시작하였다.
"술병에서 별이 쏟아진다.
상심한 별은 내 가슴에
가벼웁게 부서진다."
재상이는 잠시 낭송을 멈추고

술에 취한 눈동자를 감추며 모두를 바라보았다.

별이 쏟아지는 까사델마 해변의 야자수 그늘 아래서
모두들 취하고 있었다.

옆에서 듣고 있던 소피아는
재상이의 시를 알아들었는지 모르지만
재상이의 시 낭송이 멈추자 조용히 일어나 해변으로 걸어갔다.

재상이 역시 가만히 그녀의 그림자를 밟았다.
해변 옆에 있는 짚으로 만든 나무 원두막에 앉아
함께 바다를 바라보았다.
까사델마 스피커에서 슈베르트의 「세레나데」가 흘러나왔다.
"소피아?"
"예스?"
"혹시 이 노래 아세요?"
"네! 알아요. 하지만 저는 이 노래가 너무 슬프게 들려요."
"아! 저도 그래요."

잠시 서로 침묵이 흘렀다.
"우리 한번 만나 볼래요?
내가 이곳에 오면 당신이 날 케어해 주었으면 좋겠어요.
당신이 싱글 맘이라고 들었는데 아기는 몇 명이에요?"

소피아는 잠시 후 고개를 들더니
"하나예요."

사실 재상이는 필리핀에 오게 되면 이국에서의 하룻밤을
이국의 여인과 보내고 싶은 게 솔직한 심정이었다.
"네, 좋아요."
"뭐?"

의외로 소피아가 쉽게 대답을 하였다.

소피아 역시 골프장에서 재상이의 플레이 매너를 보고
참 괜찮은 사람으로 판단한 것이다.

골프라는 운동을 같이 해 보면 그 사람을 알 수 있다.
골프라는 운동은 4~5시간 정도의 시간으로
동반자의 성격과 인성을 거의 정확하게 알 수 있다.

더군다나 캐디인 소피아는 누구보다 잘 알 수 있었다.

재상이는 자신의 질문에 너무 쉽게 대답하는 소피아의 진실을
알고 싶어 소피아의 눈을 바라보았다.

석양이 사라지기 전 마지막 붉은빛을 받은 그녀의 눈은
루비보다 더 빛나고 있었다.
재상이는 루비보다 빛나는 그녀를 가슴속에 새기고 있었다

만일 남은 인생 같이 살고 싶은 여인을 선택하라면
재상이는 주저 없이 소피아를 선택할 것이다.
그녀라면 재상이를 위해 최선을 다해 줄 것이라 생각했다.

이제 지수에 대한 미련은 하나도 남아 있지 않았다.
지수에 대한 사랑이 소피아에게로 넘어가는 순간이었다.

사랑의 감정은 모든 것을 아름답게 만드는 힘이 있다.
까사델마의 석양은 오묘한 붉은 빛깔을 쏟아 내고 있었다.
재상이 인생에 이렇게 아름다운 석양은 처음 보았다.
"판타스틱."

잠시 후 소피아가 조용히 일어났다.
"저 늦게 가면 아빠한테 혼나요."

마치 한국의 요조숙녀처럼 말하는 것이 귀여웠다.
예상 시간보다 빨리 일어나는 소피아 때문에
재상이가 어찌할 줄 모르고 있을 때

그녀는 "굿 바이."라는
짧고 어색한 한마디만 남기고 스쿠터를 타고 떠났다.

어느덧 짧은 여름휴가는 다 지나가고
아쉬운 마지막 밤하늘을 쳐다보고 있었다.
경희가 소맥을 한 잔 들이켜고 있을 때 철식이가 나타났다.

"야! 너 어디 갔다 이제 나타나는 거야?"
"어! 볼일이 있어 갔다 온 거야."
"알았어."
다시 건배가 시작되었다.

술이 조금 들어간 경희가 철식이를 향해
"내가 어디가 부족해!
얼굴 예쁘지, 술 잘 먹지, 노래 잘하지, 지방 거, 뭐….
뱃살 지방은 조금 있지만."
하면서 살짝 부끄러운 표정을 짓더니
"단지 뱃살이 젖가슴보다 더 튀어나와서 그렇지."

경희는 농담이 약간 민망한지 말끝을 흐리다가 다시 힘주어 말했다.
"엉덩이 빵빵하지,
근데 오빠는 왜 날 무시하는 거야?"

"내가 뭘 무시했냐?"
"오빠는 일주일 내내 예의 없이 달래기만 했잖아.
마음이 가야 몸도 가지."

경희는 바닥에 남아 있는 술을 쥐어짜듯 컵에 따르며
철식이를 향해 고래고래 소리를 지르기 시작했다.

"내가 뭐 어디가 부족하냐고~
나 같은 거 어디 가서 찾냐고~
왜 나를 무시하는 거야?"

듣고만 있던 철식이가 한마디 하였다.
"그래서 너 끝내 나랑 안 잘 거야?"
철식이는 이제 더 이상은 못 봐주겠다고 소리를 질렀다.
"안 자."
경희는 단호하게 한마디를 남기고
자신의 방으로 들어가 버렸다.

마지막 밤까지 자신의 욕심을 채우지 못한 철식이는
허탈감을 참을 수 없어 영숙이를 붙잡고 있었다.

"야! 니들 정말 여기 뭣 하러 왔냐?
오늘이 마지막 밤인데 그래도 너는
재상이랑 한번 자야 하는 거 아니냐?"
철식이는 영숙이를 달래어 재상이와
한방을 쓰게 만들려고 애를 쓰고 있었다.

영숙이가 재상이한테 가면 자신은 저절로
경희 방으로 들어갈 수 있다고 생각한 것이다.

영숙이도 얼추 취해 혀가 꼬부라져 있었다.
"오빠 생각해 봐!
뭘 줄려고 해도 처음 만날 때부터 전화번호를 물어보기나 했어,
이름을 물어보기나 했어?
눈길 하나 주지도 않는 놈에게 내가 뭘 어떻게 줘?
오빠만 달랬지,
그놈이 뭐 한번 달라고 한 줄 알아?
아니, 그런 놈에게 내가 뭘 어떻게 줘."

자존심이 상한 영숙이는 끝내 소리를 지르며
울음보를 터트리고 말았다.

"나도 혼자 사는 년이야.
말년에 괜찮은 놈 하나 만나나 했는데 내 팔자야."

영숙이가 더욱 서럽게 온몸으로 울어 대기 시작했다.

당황한 철식이가 영숙이를 달래기 시작하였다.

다음 날,
"비행기 시간이 내일 새벽 1시니까
오전에 마지막 골프 한 번 더 치고 가자!"
"응."
철식이의 제안에 재상이는 고개만 끄덕였다.

"야! 그리고 재상아!
내가 들은 얘기가 있는데 네가 소피아를 좋아한다고 하기에
말하지 않으려다 얘기하는 거야."

"뭔데?"
재상이는 철식이의 표정이 심상치 않음을 느낄 수 있었다.
"소피아 아이가 하나가 아니라 4명이나 된단다."
"뭐! 4명?"
재상이는 너무 놀라 눈이 휘둥그레졌다.
"누가 그래?"
"정통한 UPI야."

"그리고 한국 남자랑도 살았다고 하던데."
"그건 걔 언니야."
그리고 그거야 과거의 일이니까 넘어가더라도….
하지만 애가 4명이라니.
재상이는 이 말이 사실이라면,
'아니야. 그럴 리 없어.'
그녀가 자신에게 거짓말을 할 이유가 없다고 생각했다.
"야! 4명, 아니 10명이면 어떠냐? 내가 좋아하면 그만이지."

재상이는 아이가 4~5명인 게 중요한 게 아니라
소피아가 4명을 하나로 거짓말을 했다는 것이 중요했다.

아~ 좋은 인연을 만난다는 게 이렇게 힘든 일인가?
잘못된 인연은 비극을 낳고
좋은 인연은 서로를 행복하게 만들어 준다는 것을
재상이는 너무 잘 알고 있었다.
하지만 그 루머가 사실이어도
그건 과거의 일이라고 재상이는 생각했다.

7. 거짓말

잠시 현실에서 벗어나 세부로부터 마음을 위로받고 싶었던 게
솔직한 재상이의 심정이었다.
하지만 인간사 사는 곳은 어디나 똑같았다.

현실 속에 찾아오는 고뇌는 한국에 있을 때나
이곳 머나먼 필리핀에서나 별다른 게 없었다.
결국 재상이는 필리핀 세부에서 마음만 더 무거워져 버렸다.
인연을 만들지 말아야 하는데 그게 인력으로 되는 것인가?
자석처럼 마음이 끌리는 것을 어찌하란 말인가?

"김 사장, 나랑 라운딩 한번 합시다?"
뒤를 돌아보니
인상 좋은 형님, 조 회장이었다.

재상이는 조 회장의 제안을 거절하기가 어려워
"좋지요."

재상은 철식이에게
"철식아? 여기 조 회장 형님이 혼자라고 하니
너는 경희랑 셋이서 운동해라."
"알았어."
식당에서 나와 조 회장 카트를 타고 클럽 하우스로 갔다.
오늘은 아침부터 마음이 어지러워 라운딩 없이 조용히
혼자 있고 싶었지만 조 회장을 따라나섰다.

1번 홀은 두 팀이 대기 중이라 카트를 돌려
10번 홀에서 티 샷을 하였다.

혼자 여행을 왔다는 조 회장이라는 분은 식사 때
인사를 몇 번 하여 면을 트고 있었던 사이였다.
그 조 회장이 운동할 짝을 고르고 있다가
재상이를 발견한 것이다.

아침부터 대지를 태우는 적도의 태양을 뒤로하고
재상이가 먼저 드라이버를 잡았다.
조금 일찍 시작하였다면 더 시원하게
운동을 시작할 수 있었을 텐데.
뒤이어 조 회장이 드라이버 샷을 하였다.
"굿~ 샷!"
캐디들의 박수 소리가 골프장을 메아리쳤다.

조 회장의 드라이버 거리는 70 넘은 연세에
재상이와 비슷하였다.
템포 리듬으로 드라이버를 치는 모습은
과거 많은 이야기를 가지고 있을 것 같았다.

"그래, 이 맛이야.
이제야 내 폼을 다시 찾았어."

조 회장은 폼을 되찾은 것이
청춘을 되찾은 듯 행복해 보였다.
"김 사장! 나는 여기 세부가 너무 좋아.
여기는 부족한 게 많지만 부족한 만큼 행복이 있어."

어느덧 바다가 보이는 13번 홀에 도착하자
조 회장은 잠시 운동을 멈추고 바다를 바라보았다.
그의 눈가에 이슬이 약간 스며드는 것 같았다.
"김 사장! 여기 정말 아름답지 않아?"
"네, 저도 좋습니다."

"나는 옛날 대학 졸업 후 이곳 필리핀 수빅 항만 공사 때부터
필리핀과 인연을 맺었는데 그때 내가 결혼까지 생각했던
아름다운 필리핀 여인이 있었어."

"아, 그러세요.
결혼까지요? 그럼 왜 결혼은?"
"뭐~ 사정이 있었지.
실망할 일도 있었고, 집안의 반대도 있었고."

"김 사장?"
"네."
"인생! 뭐 별거 아니야.
내가 70 넘게 살아 보니까 정말 별거 아니더라고."

인생을 한마디로 정의할 순 없지만 조 회장의 말뜻은
인생을 너무 복잡하고 깊게 생각할 필요가 없다는 뜻으로
재상이는 받아들였다.

"하고 싶은 대로 발길 가는 대로, 마음 가는 대로 살아."
"하하~ 뭐 그게 마음대로 되나요."
"그러니까 하는 말이야."

"하고 싶은 거 다 하고 살라고.
오늘이 지나면, 이 시간이 지나면 절대 다시 오지 않아."
조 회장의 목소리에는
인생의 아쉬움이 묻어 있었다.

재상이는 조 회장의 인생이 아다지오(adagio) 같다고 생각했다.
슈베르트의 「아다지오」는 과거 조 회장의
젊은 시절 잊지 못할 사랑을 이야기하고 있었다.

아다지오는 '천천히 매우 느리게'를 말하지만 느린 빠르기다.
인생이 어찌 보면 아다지오인 것이다.

언젠가는 커튼을 내려야 할 우리 인생인데,
영원할 것이라고 착각하며 사는 사람들.
그 인생의 마지막을 모르기에
어찌 보면 행복할 수도 있는 것이다.

조 회장은 재상이의 인생이 자신처럼
후회를 남기지 않았으면 하는 바람이었다.

"아~ 그리고 맨발 걷기 잊지 말고 계속 해."
조 회장은 맨발 걷기를 시작한 후 얼굴에 검버섯이 사라지고
동시에 고추가 서는 것을 느끼고 있다며

"남자가 고추가 서지 않으면 죽은 동물이야."
재상이는 그 말이 맞다고 생각했다.
남자의 심벌이 사라지는 순간
남자의 명(命)은 그 순간 끝난 것이라고

오래전부터 많은 선배가 재상이에게 했던 말이다.

그리고 보니 요즘 사회는 맨발 걷기가 유행처럼 번져
지자체마다 맨발 걷는 길을 조성한다고 난리다.

"아~ 나도 10년 후에 조 회장 나이가 되었을 때
저렇게 자신 있게 말할 수 있을까?"
재상이는 고개를 좌우로 흔들었다.

조 회장과 재상이는 둘이서 공 몇 개를 더 치면서
앞으로 한 홀, 한 홀 나아갔다.
공이 떨어지면 볼 보이를 불러 로스트 볼을 한 봉지 더 사서 치고
또 치기를 반복하다 보니 캐디가 큰 소리로 외친다.
"라스트 홀!"
벌써 18홀 마지막 홀에 도착한 것이다.

이제 한국에 가면 일상으로 돌아가겠지.
아직도 전쟁하듯 하루하루를 살아야 하는 재상이는
이 낙원을 언제 다시 찾을 수 있을지….
서울에서 다시 만날 것을 기약하며 조 회장과 인사를 하였다.

클럽 하우스에서 방금 라운딩이 끝난 오 여사를 만났다.
오 여사는 며칠 전 라운딩을 함께한 사람이다.

"김 사장님!"
"아~ 오 여사님! 오늘 운동했어요?"
"네, 저도 조금 전에 끝났어요."

오 여사는 이곳에 혼자 골프 여행을
한 달씩이나 온 대찬 여자였다.
그녀는 귀국하려면 아직 열흘이나 남았다고 하였다.

그런 오 여사를 두고 오해하는 사람들이 더러 있었다.
철식이 역시
"무슨 여자가 오늘은 이 남자, 내일은 저 남자하고
골프 치고 그러는지 모르겠어."
"아니, 그럼 혼자 골프 치러 와서 동반자도 없이
혼자 무슨 재미로 치겠어."
재상이는 오 여사 입장에서 말하였다.

오 여사는 재상이를 보고 심각한 표정을 지으며
"김 사장님, 알고 계세요?
들리는 소문에 소피아 애가 4명이래요."
"아니, 그걸 어떻게?"
"캐디한테 들었어요.
그리고 여우 같은 년이라고, 단지 돈 많은 김 사장을 꼬시는 게
소피아의 목적일 거래요. 어쨌든 조심하세요."

"하하! 나는 나 혼자 쓸 돈도 모자라요."
"누가 그 말을 믿겠어요."

이곳 캐디 세계에서 게스트와의 루머는
캐디들 사이에 일상적으로 일어나는 일이다.

벌써 이 좁은 동네에 재상이와 소피아의 관계가
여러 형태의 소문으로 퍼져 가고 있었던 것이다.

남의 일에 관심이 많은 것은
한국이나 필리핀이나 마찬가지였다.
재상이는 세간에 떠도는 루머보다는
소피아를 믿어야 한다고 생각했다.

이제 재상이와 소피아와의 관계를 모르는 사람이 없으니
재상이가 떠나면 소피아는 그 루머를 무슨 수로 감당할 수 있겠는가?
아직 손 한번 잡지 못한 관계였지만 소피아가 걱정스러웠다.

가난한 필리핀 여자들이 가난을 벗어나는 방법 중 하나가
외국인과 결혼하는 것이다.
우리나라도 과거 6.25 전쟁 후 1960~70년대에는 가난하여
한국에 주둔하던 미군을 만나거나 일본 사람을 만나
결혼하는 것을 최대의 방법으로 생각했던 것처럼

지금 필리핀이 그 상황인 것이다.
하지만 사람을 만나 인연을 맺는 게 생각처럼 그리 쉬운 일인가?

한국으로 돌아가기 전 메들린에 있는 한국 삼겹살집에 가자고 하여 모두들 스타렉스에 올라탔다. 그 삼겹살집은 메르세데스 골프장에서 보고시청으로 우회전하는 페트론(PETRON) 주유소 옆에 있다.

한국 식당은 진주처럼 예쁜 펄(PERL)이라는 이름을 가지고 있었다.

필리핀은 돼지고기가 맛있다.
한국인 사장이 운영을 해서 그런지 고기 맛과 된장국
그리고 반찬 모두가 한국 못지않게 좋았다.

삼겹살 가격은 한국과 비슷하였다.
그 가격은 필리핀 사람들에게 부담스러운 가격인데도 불구하고
식당은 제법 현지인들로 붐비고 있었다.
이곳 세부 북부도 아마 K-pop과 한류 드라마 영향인 것 같았다.

한쪽에는 나이 든 백인과
필리핀 여성 두 명이 삼겹살을 먹고 있었다.

펄 식당 주인이 짓궂게 물었다.
"두 여자 중 누가 백인 남자와 부부인 줄 아세요?"

"글쎄요."
주름이 깊게 팬 백인의 눈을 피해 젊은 여성과
약간 나이 든 필리핀 여자를 자세히 살펴보았다.
질문의 의도상 젊은 여자가 답인 것 같지만
백인의 모습이 너무 나이 들어 보이길래
50대로 보이는 여자라고 대답을 하였다.

"땡! 틀렸습니다.
젊은 여성이 백인의 아내입니다."

길가에 가끔 보이는 대머리에 배 나오고 뚱뚱한 백인들
대부분은 어린 여자들과 살고 있었다.

이곳 필리피노 여인들은 남자의 외모나 나이에 대하여
부끄러워하거나 창피하다고 생각하지 않는다.
편견은 한국 사람만이 강한 것 같다.
오히려 이곳 사람들은 그들을 부러워할 뿐이다.

필리핀 서민 여자들은 돈이 많다고 소문난
한국 남자랑 결혼하기를 원한다.
한국 남자랑 결혼을 하게 되면 자신의 가족도 함께
경제적으로 행복해질 거라는 기대에
비록 남자가 나이가 많고 마음에 들지 않아도

가족의 행복을 위해 자신을 희생하는 것이다.
과거 우리나라의 누나나 이모들처럼.

만남과 헤어짐이란
언제나 새벽이슬처럼 반짝이다 금방 사라진다.

카트를 운영하는 박 사장과 빌리지 멋쟁이 형님 김 사장에게
그동안의 배려에 고마움을 전하고
짐을 정리하기 위해 까사델마로 돌아갔다.

까사델마의 태양이 서서히 기울어 가면서
구름 사이로 붉은빛을 토해 내기 시작하였다.

까사델마에서 바라보는 석양.
그 오묘한 빛깔을 재상이는
한동안 아무 생각 없이 바라만 보고 있었다.

적도의 나라이지만 이곳도 여름이 지나가고 있었다.
 재상이는 여름의 끝자락에 매달려 발버둥 치는 석양을 아쉬워하며 그동안의 여행을 정리하고 있었다.

지수와의 추억 만들기를 기대하며 떠난 이번 필리핀 여행은
아무런 의미도 갖지 못하였다.

적도의 이국 여인과 꿈꾸었던 하룻밤도
이루지 못하였다.

상상으로만 꿈꾸던 이국 여성과의 하룻밤은
결국 상상으로 끝나고 말았다.
돈으로 하룻밤을 위해 여인을 살 수는 있지만 재상이는 싫었다.
사랑도 서로의 교감이 중요한 것이다.

남자에게 있어 성(性)이란 짧은
순간의 쾌락으로만 보기엔 너무 단편적인 얘기다.

남자는 열심히 일한 다음 사랑하는 사람과 사랑을 나눌 때
에너지를 버리는 게 아니라 새로운 에너지를 충전하는 것이다

"재상아! 남자가 돈을 왜 버는지 알아?
남자는 아름다운 사랑을 위해 버는 거야.
사랑하는 사람과의 하룻밤을 위해.
그 짧은 순간을 위해."
열변을 토하던 정호가 생각났다.

어느 유명한 여성 성 전문 강사가 남자의 성을
단순히 배출로만 표현을 하는데
남자의 성이 배출 이상의 큰 의미가 있는 줄 모르는

여자들의 생각이라고 재상이는 생각했다.

그렇게 재상이는 그녀의 손에 키스도 한 번 하지 못하고
아쉬운 발길을 돌렸다.

필리핀 제2 공항은 김포 공항보다 작게 느껴졌다.
새벽 1시 비행까지는 제법 시간이 많이 남아 있어
공항을 둘러보았다.
마땅한 식당이나 앉을 자리를 찾지 못하여 둘러보던 중
라면 식당이 있어 그곳에서 라면을 주문하였다.
"와… 이걸 음식이라고 돈을 받고 팔아?
이 가게는 필리핀 공항의 이미지와 발전을 위해 바꿔어야 해."

"모르지! 이 가게 사장 배경이 만만치 않은 것 같은데,
쉽지 않을걸."
경희가 한마디 하자 철식이가 대답한다.
"아마 이 가게가 바뀌는 날,
필리핀도 선진국으로 바뀌기 시작할 거야."

기내식이 없어진 저가 비행기에서는 물도 사서 먹어야 한다.
승무원들은 남대문 시장 상인들처럼
소리만 지르지 않았지, 면세품 팔기에 바빴다.

잠시 후 새벽 동이 트기 전 비행기는 인천 공항에 도착하였다.

우주에서 태양과 지구는 자전과 공전의 관계지만,
한국의 태양은 이국의 태양보다 낯설었다.
보름이 지났지만 재상이는 여전히
여행 후유증에서 벗어나지 못하고 있었다.
이곳이 그곳인지, 그곳이 이곳인지.
그래도 때가 되면 배가 고파 점심을 때우기 위해
라면 물을 받고 있는데 핸드폰이 울렸다.
조 회장이었다.

"김 사장, 잘 지내고 있어?"
"아! 형님! 별일 없으시죠?"
"응, 근데 김 사장 다음 달에 시간 있어?"
"네?"
"다음 달에 필리핀 한 번 더 가려고."

재상이는 가고 싶었지만 언제나 경비가 문제였다.
"제가 좀 바쁜데 상황을 보고 말씀드릴게요."
"다음 달 초에 갈 예정인데 내가 경비는 대 줄게.
김 사장하고 같이 가고 싶어서 그래. 시간 되면 연락 줘!"

언제나 여행은 우리에게 묘한 상상력과 기대
그리고 흥분을 가져다준다.
조 회장이 경비를 스폰해 준다는 말에 망설이다
여행을 가기로 결정했다.

조 회장을 보면 공자님의 말씀 중
종심소욕(從心所欲)을 떠올리게 된다.
오랜 자기 수양과 깨달음 끝에 나이 70에는
마음이 자연스럽게 경지에 이른다는 말인데
조 회장을 두고 하는 말이라는 생각이 들었다.
뜻대로 행하여도 어긋나지 않는다는 말이다.

재상이는 소피아를 다시 만날 수 있다는 기대감으로
인터넷 티켓을 예약하고
인천 공항 제1 터미널 필리핀 항공 앞에서 조 회장을 만나
아침 비행기에 몸을 실었다.

막탄 공항에서 빌리지 카니발이 3시간 정도를 달려
메르세데스 골프장에 도착하였다.
재상이는 조 회장과 방 2개가 있는 2층 빌리지를
배정받아 짐을 풀었다.
재상이는 소피아에게 도착했다는 메시지를 보냈다.

"김 사장, 뭐 해?
우리 밖에 나가서 뭐라도 먹고 올까?"
"네, 좋습니다."
재상인 지난번 알게 된 트라이시클 기사를 핸드폰으로 불렀다.
그는 정확히 30분 후에 우리를 태우러 왔다.

필리핀 타임! 우리에게도 코리안 타임이 있었다.
과거 우리나라도 약속 시간을 얼마나 지키지 않았으면
코리안 타임이 있었는지 요즘 사람은 잘 모른다.

이제 한국인에게 코리안 타임은 사라진 먼 옛날얘기다.
이제 필리핀이 그걸 이어받은 모양이다.
그래도 한국인을 상대하는 필리피노들은 한국인의 돈을 벌기 위해
시간을 지키려고 노력한다.

메르세데스 주변에는 먹을 것이 없어 메들린이나 보고 시티까지
트라이시클로 약 20분을 가야 식당을 만날 수 있다.

기억을 더듬어 지난번 소피아와 같이 갔었던 바비큐 광장을 찾았다.
그곳에서 석양을 바라보며 바비큐와 생선구이를 시켰다.
역시 필리핀 맥주 필센은
여행객들의 피로를 녹여 주기에 충분하였다.

그리고 근처 노래방에 들렀다가 숙소로 돌아갔는데
다음 날 소피아가 단단히 화가 나서 카톡 전화가 왔다.

"어제 노래방에서 여자 불러서 논 게 맞아요?"
"어, 그래. 조 회장님과 함께 놀았는데 왜?"

"그럼 이제 우리 만나지 맙시다."
소피아는 아주 짧은 한마디만 남기고 전화를 끊었다.
소피아의 전화는 날 선 칼날 같았다.

4평 정도의 노래방은 브라운관 모니터에 실내는 몹시 어두웠다.
남녀가 은밀한 밀회를 즐기기에 적당한 조명이다.
다행히 노래방 책은 한국어 노래와 팝송이 있었다.

조 회장은,
"노래책 글자가 잘 보이지 않으니 도우미를 1명만 부르자."
"저도 잘 보이지 않아요."
재상이는 카운터로 가서 젊은 남자 주인에게
도우미 1명을 불러 달라고 하였다.
잠시 후, 20대 초반의 젊은 도우미 2명이 들어와
조 회장과 재상이 옆에 앉았다.

"어! 우린 1명 불렀는데?"

재상이가 1명을 내보내려 하였더니
"애네들도 먹고살려고 나왔으니 내버려둬."
"그럼 30분만 놀다 가죠."

그녀가 화난 이유를 말하지 않기에 빌리지에 있는 정호 친구
주 사장에게 사정을 말하였다.

"아하~ 아마, 여기 노래방에서 아가씨를 부르면
쏭쏭 했다는 뜻입니다."
주 사장은 필리핀 생활 10년째이지만
자신도 가끔은 문화적 차이로 답답할 때가 많다고 하였다.
문화적 차이는 한국과 필리핀의 거리만큼 먼 것이다.

주 사장이 고맙게 소피아 집까지 가서 이해를 시켜 주었다.
"이제 그러지 마세요."
"미안해."
한편으로 이 상황을 반대로 생각하면
소피아가 최소한 이곳 필리핀에서 이 남자, 저 남자를
문란하게 만나는 부도덕한 여자는 아니라고 생각했다.

다음 날,
"오늘 저녁 동창회 모임이 있는데 같이 갈래요?"
"오케이."

친구를 보면 그녀를 알 수 있을 것 같아 소피아 모임에 따라나섰다.
그곳에서 소피아 고등학교 담임 선생을 만났다.
그는 다리가 불편하여 전동 휠체어에 여러 기능을 더하여
공학도처럼 로봇 휠체어를 만들어 타고 다니고 있었다.
그런 그를 재학생이나 졸업생 모두 존경하는 모습을 보고
재상은 머리가 숙어졌다.
그 로봇 선생님이 약간 취했을 때
"선생님, 소피아는 학창 시절 어떤 학생이었어요?"
"어! 그보다 둘이 매우 잘 어울려요.
소피아는 항상 아침에 제일 먼저 학교에 오는 모범생이고,
공부도 잘했어요.
이제 소피아도 좋은 사람을 만난 것 같아 내가 기뻐요."

그리고 그곳에서 소피아의 여자 친구 남편 저스틴을 만났다.
저스틴은 메들린 경찰이라고 자신을 소개했다.
그는 56살의 필리피노다.
한국으로 따지자면
25살이나 어린 영계 마누라를 만나 살고 있는 것이다.

커다란 눈동자에 언제나 호탕한 웃음
그리고 긍정적인 생각을 가진 그가 재상이는 마음에 들었다.

재상이는 저스틴과 그날 의형제를 맺었다.

소피아 친구들은 작은 이야기에도 커다랗게 웃는다.
그들은 어떻게 사는 것이 행복인지 아는 것 같았다.
필리핀 사람들은 특유의 낙천적인 성격과 여유로움이 넘쳐흘렀다.

2021년 유엔 행복 보고서에 보면
그들보다 돈이 많은 한국이 52위, 필리핀이 53위를 차지했다.
이는 경제적으로 여유가 있다고
행복이 다가 아님을 나타내는 것이다.

며칠 지난 어느 날,
그 저스틴이 그린 망고를 쌀 포대에 가득 담아서 가져왔다.
그린 망고는 옐로우 망고가 되기 전 덜 익은 망고인데
처음 먹어 본 느낌은
약간 딱딱하지만 사과 맛이 나는데 신선한 맛이었다.

3일 정도 지나고 나서 소피아가 그린 망고 하나를 꺼내
코로 냄새를 맡더니 그린 망고 껍질을 세로로 깎았다.
과일 껍질을 끊어지지 않게 돌려 가며 깎는 나라는
한국밖에 없을 것이다.

그녀는 재상이에게 그린 망고를 주며 한마디 하였다.
"먹어 보세요."
"와~ 망고가 이렇게 맛있는 거 처음이야."

그녀가 말했다.
"Everything is timing(모든 것은 타이밍이야)."

망고의 새로운 맛을 알게 되는 순간이었다.
그동안 먹었던 망고 중 최고의 맛을 내고 있는 것이었다.

우리가 한국에서 먹는 망고는 숙성이 다 된
부드럽고 달짝지근한 노란 망고였는데 방부제 없는 신선한
그린 망고의 매력을 처음 알게 되는 순간이었다.

다음 날 아침 운동을 하기 위해 클럽 하우스로 갔더니
주 사장이 있었다.
주 사장은 정호가 여기서 만난 친구라며 나이가 비슷하니까
서로 친구처럼 지냈으면 좋겠다고 하여 소개한 사람이다.

재상은 처음 주 사장을 봤을 때
마치 영화「노트르담의 꼽추」속
안소니 퀸이 눈앞에 서 있는 듯했다.
185센티미터가 넘는 키와 커다란 체격, 약간 굽은 허리,
그리고 거칠게 갈라진 손마디까지, 모든 것이 강한 인상을 주었다.

정호의 말로는, 주 사장은 약 이십 년 전
서울 강남에서 학원을 운영했다고 한다.

부인이 유명한 수학 강사였는데 병으로 휴양지를 찾던 중,
이곳 메들린 메르세데스 골프장을 알게 되었고
그때부터 필리핀 생활이 시작되었다고 하였다.
그런 가운데 1년 전 오히려 병이 악화되어
수술 치료를 위해 아내는 한국으로 돌아갔다고 하였다.
처음엔 모든 게 낯설고도 자유로웠겠지만, 와이프가 없는 가운데
세월이 흐르자 처음에 가졌던 자유는
어느새 무료함으로 바뀌어 버렸다고 한다.

요즘 메르세데스 골프장은 비수기였다.
갤러리들이 없어 캐디들은 일감을 잃고 걱정에 빠졌다.
출근 도장만 찍고 자기 순번이 오지 않으면
집으로 돌아가 다른 일을 찾아야 했다.
아무리 웃고 농담을 해도 마음속엔 생계의 그늘이 깔려 있었다.

주 사장은 매일 골프장에 나왔다.
더 이상 골프가 재미있지 않았지만,
그에게는 그것 말고는 할 일이 없었다.
낮에는 캐디들과 농담을 주고받고,
저녁에는 시내 바에서 술잔을 기울이며 무료한 시간을 채웠다.

최근 그는 캐디를 여러 번 바꿨다.
입버릇처럼 "성격이 안 맞아서."라고 했지만,

재상은 다른 이유를 알고 있었다. 소피아가 말해 준 것이다.
"주 사장은 너무 여자를 밝혀요."
이번에 새로 온 캐디는 올리비아였다.
아직 대학생티가 남은 스무 살 여성이었다.
햇살 아래 반짝이는 피부와 맑은 눈,
세상 때가 덜 묻은 표정이 인상적이었다.

주 사장은 그녀를 볼 때마다 입맛을 다셨다.
"이년을 한번 먹어야 하는데."
그의 말투에는 노골적인 천박함이 묻어 있었다.

하지만 올리비아는 그의 시선을 모른척했다.
그녀는 아직 사랑을 믿는 순수한 소녀였고,
돈보다는 마음이 끌리는 사람을 만나고 싶었다.
그러나 현실은 그런 여유를 허락하지 않았다.
페이스북을 하기 위해 돈이 필요했고
그 비싼 집의 전기 요금도 내야 했다.
주 사장이 건네는 돈은 적지 않았다.
그녀는 지금 당장 그의 돈이 필요했다.

그래서 매일 아침 주 사장을 만나 캐디 일을 계속했다.
그러나 마음 한편에는 언제든 그만둘 준비를 하고 있었다.

비수기의 골프장 새벽은 고요했다.
어둠을 비집고 올라오는 태양, 페어웨이를 가로지르는 바람,
그리고 저 멀리서 짖는 동네 강아지 소리 외에는
아무 소리도 들리지 않았다.

"야, 올리비아. 우리 쏭쏭 한번 하자.
내가 돈 많이 줄게."
그녀는 피곤한 듯 고개를 저었다.
"노우."

"야! 너는 왜 내 말을 안 듣는 거야?"
"주 사장님, 자꾸 이러시면 저 새벽 캐디 그만둘 거예요."
"오케이, 오케이, 알았어."

그는 그렇게 말하면서도 눈빛은 식지 않았다.

4번 홀을 지나던 중이었다.
페어웨이 그린 근처에서, 잡종 강아지 두 마리가 뒤엉켜 있었다.
그 순간, 주 사장의 눈빛이 변하기 시작했다.
희미하게 남아 있던 인간의 표정이 어디론가 사라지고
카트가 부드럽게 움직이던 중,
그의 손이 갑자기 올리비아의 어깨를 눌렀다.
숨이 막히는 공기 속에서 그녀는 손을 뿌리쳤지만,

그의 손아귀는 바위처럼 단단했다.

"노. 플리즈, 노."

그녀의 말은 바람 속으로 흩어졌다.
이른 새벽의 골프장은 너무 넓고, 너무 조용했다.
그 고요함은 도움을 부르기엔 너무나 잔인한 침묵이었다.

잠시 후, 세상은 여전히 평화로웠다.
동쪽 하늘에서는 여전히 태양이 떠오르고,
새들은 아무 일도 없었다는 듯 노래를 불렀다.
하지만 카트 옆 잔디 위에는
하얀 장갑 한 짝이 덩그러니 떨어져 있었다.

주 사장은 바지를 여미며 말했다.
"다들 이렇게 살아."
그러면서 천 페소 지폐 세 장을
그녀에게 던지고 필드에서 사라졌다.
그녀는 속으로 외쳤다.
'이 나쁜 놈, 반드시 대가를 치르게 될 거야.'
입술을 꽉 다문 채 눈가에 맺힌 눈물만이
그녀의 심정을 말해 주고 있었다.

재상이는 아침 운동을 나서려다
빌리지를 청소하던 키 작은 청소부와 눈이 마주쳤다.
"굿 모닝, 썰."
"굿 모닝."
"김 사장님, 오늘 새벽 사건 아세요?"
"무슨 일인데?"
"주 사장이 올리비아한테 몹쓸 짓을 했어요."
"뭐? 주 사장이 뭘 했다고?"
"글쎄요! 올리비아를 겁탈했대요."
"뭐? 레이프(Rape)?"
"예!"
"그게 진짜야?"
"저도 그 이상은 잘 몰라요.
필드 옆에 사는 줄리엣이 목격했다고 해요."
그렇다면 이거 보통 문제가 아닌데,
주 사장이 왜 그런 어리석은 짓을 했을까?
이게 사실이라면 재상은 이해할 수 없었다.
아무리 와이프가 몸이 아파 욕구를 해결할 곳이 없다지만
아니, 가끔 페이스북 콜걸을 찾는다고 했는데….

재상이의 걱정은 주 사장의 범행보다
그로 인해 한국인의 이미지가 땅에 떨어질까 걱정되었다.

잠시 후 아침 식당에서 주 사장을 만났다.

배식 탁자 옆에 앉아 있는 주 사장을 보고 그 옆으로 가서 앉았다.

"주 사장! 오늘 새벽에 무슨 일 있었어?"

"무슨 일?"

"올리비아와 무슨 일이 있었다는데."

"아니야, 아무것도."

주 사장은 아무 일 없는 듯 시치미를 떼고 있었다.

"들리는 얘기로 캐디를 성추행했다는 소문이 자자하게 퍼졌어."

"아무것도 아니라니까. 그냥 장난한 거야.

올리비아한테 물어봐."

그의 어설픈 얼굴 표정은

캐디 올리비아와 돈으로 합의를 본 게 틀림없어 보였다.

재상이는 디저트로 망고와 바나나를 입에 넣었다.

"다른 게 아니라 내일모레 시간 있으면 같이 공 한번 쳤으면 해서, 소피아가 에일리랑 같이 퀸즈에서 골프 한번 하고 싶다고 하는데 어떻게 생각해?"

"오키도키!"

주 사장은 에일리라는 말에 흔쾌히 오케이하였다.

이 돈 많은 친구가 돈으로 안 되는 게 하나 있었다.

마음에 드는 여자의 마음은 돈으로 살 수 없었던 것이다.

이곳 필리핀에서 애인을 만들고 싶은데
그게 뜻대로 되질 않는 것이다.
마음에 드는 여자는 주 사장을 거부하고
별 관심 없는 여자들만이 주 사장의 돈만 보고 덤비는데
주 사장은 마음에 없는 여자는 관심이 없었다.

그중 마음에 드는 여인 하나가 소피아 친구 에일리였다.
에일리는 스페인 계통의 소피아와는 달리 아시아 계통의 여자였다.

검은 머리에 눈이 동그랗고 약간 통통하며
목소리는 조용한 편이었는데
이곳 필리핀 남자들이나 빌리지 남자들에게
제법 인기가 있는 여자였다.

그렇지 않아도 요즘 소식이 없던 에일리가
어제 페이스북으로 연락이 왔다며
그녀와 같이 라운딩하는 것은 언제든 좋다고 하였다.

주 사장은 들뜬 마음으로 대답을 하였다.
"그럼 내일모레 아침 식당에서 봅시다."

잔인한 계절이 시작되는 한국의 4월과 달리
적도의 나라 필리핀은 아침부터 숨이 막힐 정도였다.

주 사장은 한국에서 가지고 온 고추장을 한 수저 덜어
재상이에게 주었다.

"이거 멸치하고 같이 볶은 고추장이야."
재상이는 상추와 야채를 섞어
고추장과 함께 비빔밥을 만들어 먹었다.

그리고 주 사장은 운전석에 앉아 퀸즈 골프장으로 향했다.
퀸즈 골프장은 메들린 시내로 가는 방향으로
메르세데스 골프장에서 약 15분 거리에 있다.

캐디인 소피아와 전에 캐디 생활을 같이했던 에일리가
메르세데스 골프장은 여러 사람 눈이 있어 불편하다고 하여
그린피가 메르세데스보다 비싼 퀸즈 골프장으로 정한 것이다.

"오랜만이야, 에일리.
오랜만이야, 소피아."
소피아는 분홍색 바지에 검은 티를 입었다.
그녀의 옷맵시는 한국 여자 못지않게 감각이 있었다.

세컨드 잡으로 옷을 온라인으로 판매한다고 했는데
그래서 그런지 소피아의 코디는
미적 감각이 있는 재상이 눈에도 만족스러웠다.

에일리는 그저 평범한 흰 티에 하얀 7부 바지를 입고 나왔다.

허줄한 주 사장 패션은 주 사장을 더 초라하게 만들었지만
그의 표정만큼은 즐거워 보였다.

"그냥 치면 밋밋하니까 저녁 내기라도 합시다."
주 사장이 제안을 하였다.

"좋아요! 소피아, 괜찮지?"
"안 돼, 주 사장 너무 잘 쳐."
소피아가 반대를 하였다.

"내가 뭘 잘 쳐?
전에 보니까 재상 씨 드라이버 거리가 나하고 비슷하던데."
"오늘 플레이는 누가 이기는 게 중요한 게 아니라
친선이 목적이니 그냥 치자."
"지는 팀이 저녁 내기야."
재상이가 소피아를 달래면서 라운딩을 시작하였다.

메르세데스와 달리 퀸즈는
한국 영종도 골프장처럼 우거진 숲과 나무가 없다.
이 골프장은 한국의 유명한 티칭 프로가 TV에서 골프 레슨을 하는 곳
으로도 유명하다.

그래서 그런지 그린과 잔디 관리는 메르세데스보다 잘 되어 있었다.
북부에 있는 골프장 2개는 서로 장단점을 가지고 있었다.

소피아의 드라이버 티 샷은 거침이 없었다.
티 박스에 올라서자마자 페어웨이를 곧장 바라보고
망설임 없이 드라이버를 휘둘렀다.

"굿 샷!"
맑은 소리와 함께 공은 하늘을 가르며 시원하게 뻗어 갔다.

'골프를 같이하면 그 사람의 성격이 보인다.'
재상은 속으로 중얼거렸다.
소피아의 스윙에는 망설임이 없다.
단호했고, 그만큼 솔직한 것이다.

"골프장이 예쁘면 뭐 하나."
재상은 고개를 절레절레 흔들었다.
연습 없는 골프는 늘 푸념만 늘어난다.

그나마 다행인 건 소피아였다.
그녀의 실력은 에일리보다 한 수 위였고,
그 덕에 두 사람의 스코어는 거의 비슷하게 흘러가고 있었다.
카트가 다음 홀로 이동하자,

주 사장이 갑자기 뒷좌석으로 가더니
에일리 가슴을 향해 손을 뻗었다.
"야, 에일리! 한 번만 만져 보자."
그의 검은손이 순식간에 에일리의 가슴으로 향하자
에일리는 놀라 비명을 질렀다.
"악! 왜 이래요!"
그녀는 당황하여 카트에서 바로 뛰어내렸다.
멀리서 세컨드 샷을 준비 중이던 재상과 소피아는
황당함에 아무 말도 할 수 없었다.

어느덧 마지막 홀.
재상의 세컨드 샷이 오른쪽 해저드로 빨려 들어가며
라운드는 실망으로 얼룩졌다.

그러나 마지막 순간, 소피아가 모든 걸 뒤집었다.
그녀의 침착한 어프로치가 핀 옆에 멈추며
결국 한 타 차로 주 사장 팀을 이긴 것이다.

"오늘 수고했어요."
소피아의 미소에 재상은 고개를 살짝 끄덕였다.
아쉬움이 가득한 라운드였지만, 묘하게 따뜻한 하루였다.

인생도 골프처럼, 한 홀 한 홀이 다 뜻대로 되진 않지만
가끔은 누군가 덕분에 버디처럼 끝나기도 하는구나.

"오늘 수고했어요."
아쉬움이 많은 라운딩을 끝내고 클럽 하우스에 도착하자
"퀸즈 김치찌개가 맛있어요."
에일리가 메뉴판도 보기 전에 퀸즈 김치찌개가 맛있다고 하였더니
"에일리! 김치찌개 먹고 싶다고? 먹고 싶은 거 다 시키세요."
주 사장이 에일리를 위해 지갑을 열겠다는 신호를 보냈다.

"오늘 우리가 이겼으니 점심은 우리가 살 테니까
저녁은 주 사장이 사."
재상이가 분위기를 띄우며 한마디 하였다.
2층 식당으로 가기 위해 엘리베이터를 타려 하자 소피아는
"나는 걸어 올라갑니다."
하면서 혼자 걸어가는 게 아닌가?
재상이는 힘든 다리를 이끌고 소피아 뒤를 따라 올라갔다.

식당에는 하얀 가운을 입은 남녀 종업원이
생수와 메뉴판을 들고 서 있다가 창가 자리로 안내하였다.
그때까지 에일리 옆에 앉지 못하고
주춤하며 서 있는 주 사장을 보고
이 친구가 보기보다 수줍음이 많은 친구라 생각했다.

더군다나 에일리를 무척이나 좋아한다는 생각이 들었다.
"왜 그래? 여기 에일리 옆에 앉아."
하면서 그녀 옆으로 주 사장 팔을 끌어당겼다.

에일리와 소피아가 콜라부터 주문하기에
"야! 무슨 김치찌개에 콜라니?"
필리피노들은 무슨 음식이든 콜라가 빠지질 않는다.
미국의 코카콜라나 펩시 회사는 필리핀 국민에게
감사장이라도 줘야 할 것이다.

"나 이따 졸리비도 먹고 싶어."
"뭐? 내가 보니까 햄버거에 야채는 하나도 없고
오직 고기와 달달한 소스와 빵뿐인데 그건 건강에 안 좋아."
"그래도 저는 먹고 싶어요."

필리핀의 졸리비나 맥도날드 햄버거를 보면 채소는 거의 없다.
지나친 패스트푸드와 콜라가 성인병을 유발한다는 것을 알면서
필리핀 사람들은 패스트푸드를 너무 좋아한다.

그러다 만약 서민 가정 식구 중
누구 하나 아프면 심각해지는 것이다.
의료비가 너무 비싸 일반 서민은 의료 서비스를 포기하고 만다.

우리나라는 1989년부터 전 국민 건강 보험 제도를 시행하여
모든 국민이 의료 보험 서비스를 받고 있다.
이 얼마나 다행인 일인가.
우리는 이러한 대한민국 정부에 감사해야 할 것이다.
지금은 한국의 의료 보험 제도를 세계가 부러워하고 있다.

필리핀의 현 상황을 세계보건기구(WHO) 통계가 증명하고 있다.

세계보건기구의 2020년
필리핀 남성 평균 기대 수명은 67.4세,
여성은 73.6세로 평균은 70.4세이다.
이에 반하여 한국의 기대 수명은 83.5세이다.
무려 13년 차이가 난다.

주 사장이 화장실에 가기 위해 일어났다.
그가 화장실로 가자 에일리가 재상에게 조용히 입을 열었다.

"주 사장은 겉과 속이 완전히 다른 남자예요.
겉으로는 늘 웃으면서 우리들을 대했어요.
하지만 그 웃음 뒤에는 항상 계산과 욕망이 숨어 있었어요.
돈으로 안 되는 일이 없다고 생각하는 사람이에요.

주 사장은 전형적인 소시오패스예요.

김 사장님도 조심하셔야 합니다."

"뭐라고? 소시오패스라고?"
"그 사람은 자기에게 도움이 될 때만 다정하고 친절하게 다가가요.
목적을 이루기 위해서라면 감정도, 양심도 없는 사람입니다."
심리학자들은 평균적으로 25명 중 한 명이
소시오패스 성향을 가졌다고 하였다.
그들은 자신의 이익이 필요할 때는
누구보다 상냥하고 매력적으로 다가가지만,
그 친절은 오직 이용을 위한 가면일 뿐이다.
목적이 사라지는 순간,
거짓말처럼 차갑게 돌아서고, 질투와 시기심이 아주 강하다.

"소시오패스라는 것을 안 순간 만나지 않는 것이 최선입니다."
에일리는 단호하게 재상에게 말했다.

"언젠가 페이스북에 좋은 오토바이가 중고로 나왔는데
제 친구가 마음에 들어 그걸 살려고 계약금을 줬는데
주 사장이 몰래 그 가게로 가서 더 큰 돈을 주고 낚아챘어요.
제 친구가 울고불고 난리가 났어요.
주 사장은 그런 사람이에요.

여기 캐디를 비롯하여 빌리지 사람들은 모르는 사람이 없어요.
주 사장은 여자를 성 노리개로만 여기는 사람이에요.
이젠 변했다고 생각했는데 아니에요."
재상은 주 사장이 친구라는 것이 부끄러웠다.

주 사장이 화장실에서 나오자 에일리는 말을 멈췄다.

잠시 침묵이 흐르고 화장실에 갔다 온 주 사장은
에일리의 표정을 살피더니

"에일리, 오늘 나하고 데이트할래요?"
주 사장이 조심스럽게 입을 열었다.

"노우! 오늘 시간 없어요."
앞에 있는 재상이가 무안할 정도로
그녀는 큰 소리로 딱 잘라 거절하였다.

생각할 시간도 없이 에일리가 즉시 대답을 한 것이다.
순간 찬바람이 퀸즈 식탁을 얼어붙게 만들었다.

재상이는 안타까웠다.
데이트 신청은 분위기를 봐 가면서 단둘이 있을 때 해야 하는데
주 사장의 지금 데이트 신청은 타이밍이 아니었다.

더군다나 체면을 중히 여기는 필리피노에게
재상이와 소피아가 있는 자리에서의 데이트 신청은
안 하느니만 못한 결과가 되었다.

그동안 주 사장에게 닫혀 있던 에일리의 페이스북이
라운딩을 계기로 다시 열렸기에,
어제는 주 사장이 흥분하여 빌리지가 떠나가도록
소리치며 기뻐했었는데 그게 아니었다.

그녀의 마음이 열렸다고 생각한 주 시장은
오늘 에일리의 그린피와 캐디피 그리고 팁까지 모두 지불하였다.

단지 골프가 치고 싶은 에일리가 주 사장의 지갑을 노린 것이다.

상황을 대충 알고 있던 소피아와 재상이는
어색한 분위기를 소리 없이 바라보며 수저로
김치찌개 두부만 자르고 있었다.

오늘 저녁 약속은 없어지고 재상이만 비싼 점심값을 지불하였다.
빌리지로 돌아가는 길에 주 사장이 운전대를 잡으며
심정을 토해 내기 시작했다.

"재상 씨! 이럴 수가 있어?
오늘 데이트하지 않을 거면
어제 페이스북은 왜 보낸 거야?"
주 사장은 화가 머리끝까지 치솟아 있었다.

"하나같이 내 돈만 빨아먹는 년들."
재상이는 아무 말 없이 듣고만 있었다.
사랑은 나이와 상관없이 판단을 흐리게 만든다.
주 사장은 더 이상 말을 잇지 못하고 운전만 거칠어지고 있었다.

빌리지에 도착하여 샤워를 하고 잠시 쉬었다
저녁을 먹기 위해 식당으로 갔더니
그곳엔 정호와 주 사장이 벌써 식탁에 앉아 있었다.

빌리지 사람들은 식당에서 제공하는 뷔페식 식사를 하기 위해
식판을 들고 순서를 기다리고 있었다.
가끔 값비싼 보석과 명품을 걸친 염치없는 아주머니가
새치기를 하여 눈살을 찌푸리게 하였다.
그때 정호가 불편한 감정을 드러냈다.

"아~ 씨발, 순서를 지켜!"
군기 반장처럼 큰소리치자 식당이 싸늘해졌다.
하지만 빌리지 식당은 나름대로 규칙을 잘 지키고 있었다.

오늘 저녁, 멋진 데이트를 꿈꾸던 주 사장은
빌리지 식당 한구석에 앉아 고개를 떨구고 있었다.
그의 어깨가 말해 주고 있었다.
그가 에일리와의 저녁을 얼마나 기대했는지.

재상이가 식탁을 옮겨 앉자마자,
주 사장은 기다렸다는 듯 입을 열었다.

"재상 씨! 나 말이야.
그년 골프 백부터 그년 식구들 생일까지 다 챙겨 줬어.
게다가 용돈에 비싼 시계까지 사 줬는데."

"뭐? 그 정도였어?"
재상이가 놀란 눈으로 물었다.

"근데 이럴 수가 있나?
아니, 시간이 없으면 나오질 말든가."
주 사장은 씁쓸하게 웃었다.
잔에 담긴 얼음이 녹아내리듯,
그의 기대도 천천히 사라지고 있었다.

재상은 조용히 잔을 들며 생각했다.
'사랑이란, 돈으로 살 수 없는 거야.'

하지만 그보다도,
좋아하지도 않는 사람이 주는 비싼 선물을 거리낌 없이 받는
필리핀 여성들의 모습이 이해되지 않았다.

한국 여자들이라면,
가벼운 선물쯤은 몰라도 마음에 없는 사람이 주는
비싼 선물은 대부분 정중히 거절한다.

하지만 이곳은 다르다.
경제적인 현실 때문인지, 아니면 그들만의 삶의 방식인지
필리핀 여인들의 마음속은 도무지 알 수가 없다.
주 사장은 한동안 아무 말이 없었다.
"내가 그동안 캐디들 팁 준 게
아무리 적어도 집 한 채 값은 될 거야.
근데 이년들은 나를 흉측한 놈으로 몰아붙이고 있으니
내 이년들을 전부 요절을 낼 거야."
주 사장은 점점 흥분해 가고 있었다.
"이젠 됐어. 오늘을 계기로 그녀에 대한 마음을 접으려 해."

재상은 그의 말에 고개를 끄덕였다.
모두가 사랑을 말하지만, 사랑은 늘 계산과 체념 사이를 오간다.
옆에서 이 얘기를 듣고 있던 정호가
맥주 글라스에 소주를 가득 부어 한입에 털어 넣고는

"야! 재상아, 그게 다가 아니야."
"그게 다가 아니라니?"
"주 사장이 지금까지 공들인 여자가 다섯 명이야."
"뭐? 다섯 명?"
"그런데 그 다섯 명 모두
손 한번 제대로 잡아 보지 못하고 돈만 날렸어."
"돈만 날리다니?"

"그리고 말이지,
첫 번째 시도한 여자가 바로 네가 만나는 소피아였어."
"뭐? 소피아라고?"
"지금도 예쁜데, 십 년 전엔 얼마나 예뻤겠냐?
네가 나타나기 전까지 주 사장은 거의 십 년 동안
소피아 마음을 잡으려 애썼어.
그런데 네가 나타나면서 모든 게 수포로 돌아간 거지.
그래서 요즘 말도 잘 못하고 있었던 거야.
아마 모르긴 몰라도 주 사장은 지금 너를 미워하고 있을 거야."

재상은 잠시 말이 막혔다.
그때 정호가 한숨을 쉬며 말을 이었다.

"근데 말이야, 주 사장이 번지수를 잘못 잡았지.
소피아가 어떤 여자냐?

미스 메들린 대회 퀸 출신이야. 콧대가 얼마나 높겠어?
게다가 걔는 까칠하기가 또 얼마나 해.
너한테만 다정하지, 웬만한 놈한테는 눈길 하나 안 주거든.
그런 소피아가 널 좋아한다니, 인연이란 게 참 묘하지 않냐?
주 사장 눈이 돌아갈 만하지.
다섯 여자 모두에게 퇴짜를 맞았으니
우리 주 사장 불쌍해서 어쩌나."

정호는 주 사장 얼굴을 쳐다보며
진심으로 주 사장을 위로하고 있었다.
하지만 재상은 속으로 말했다.
'정호야, 너는 주 사장을 잘 안다고 하지만
진정 제대로 모르고 있어.'

"그래서 말이야, 주 사장이 마음에 드는 다른 캐디를 꼬셨어.
대학생 캐디였어. 이름이 레이첼.
회원은 캐디를 지정할 수 있잖아. 주 사장은 여기 회원이니까.
그 여대생이 일주일에 세 번은 수업 듣고,
나머지 날엔 캐디를 하며 학비를 버는데
주 사장이 그걸 안쓰럽게 여겨서, 직접 지정한 거야.
학비도 대 주고, 팁도 따블로 주고, 용돈까지 챙겨 줬지.
그렇게 공들였는데도 결국 눈길 한번 못 받았다더라.
그 마음이 오죽했겠냐?"

"참내, 주 사장도 답답하네."
재상이는 쓴웃음을 지었다. 하지만 속으론 점점 불편했다.
소피아, 주 사장, 그리고 자신,
이 셋의 관계가 뒤엉킨 것 같은 기분이었다.

"어, 미안. 나 약속 있어서 먼저 일어날게."
재상이는 급히 자리에서 일어났다.
어색한 분위기를 피하여 자리에서 일어난 것이다.
그날 이후, 재상은 주 사장의 눈빛을
더 이상 편하게 마주할 수 없었다.

8. 아스펜 하우스

재상은 빌리지에서 마사지사 로건을 불렀다.
로건은 남자 마사지사다.
자격증은 없지만 이곳에서 마사지 잘한다고 소문이 자자하다.
한 시간에 200페소, 한국 돈으로 5천 원이 약간 넘는 정도다.
퀸즈 골프장에서 남자 캐디를 하면서
시간 날 때마다 와이프와 같이 마사지를 하면서
성실하게 사는 35살 청년이다.

"야! 오늘따라 성의가 없어."
"김 사장님! 저 돈 좀 빌려주세요."
"무슨 돈?"
"한국 가고 싶어요."
"한국? 한국은 왜?"
"여기서는 열심히 일해도 돈을 모을 수가 없어요.
한국 가면 몇 배 돈을 벌 수 있다고 하니 한국 가려고요."
"한국에 취업하려면 한국어 시험 토픽(TOPIC)을 봐야 하는데
너 합격했어?"
"아니요, 그래서 직업소개소를 통해서 가려 하는데

돈이 필요해요."
"그래? 하지만 난 가난한 한국 사람이야. 미안해!"
"조금만 빌려주세요."
"야! 여기나 세게 눌러."
"섭섭해요."

그때 소피아의 비디오 폰이 울렸다.
핸드폰도 어떤 때는 불편하다.
비디오 폰은 현실을 감출 여유 없이
사생활을 그대로 노출되게 만든다.
비밀이 많은 사람에게 어떨 때는 위험한 통신 수단이다.

"어! 소피아."
"어디예요?"
"나 빌리지에 있어."
"이제 비싼 빌리지에 있지 말고 제가 전에 봐 둔
하우스가 있는데 아마 당신도 좋아할 거예요. 같이 가 볼래요?"
"오, 그래?"
재상은 마사지가 끝나자 소피아를 만나기 위해 큰 도로로 나갔다.
"김 사장님, 조금만 빌려주세요."
"미안해, 나 정말 돈 없어."

세부 북부의 작은 도시 보고 시티 내에 있는 렌트 하우스는

월 15만 원이라 하였다.
적당한 가격이라는 생각이 들어
잠시 후 그녀의 스쿠터 뒤에 올라탔다.

그녀의 스쿠터 뒤에 타는 것도 이젠 익숙해져 있었다.
재상이는 그녀의 볼륨 있는 엉덩이를 살짝 건드렸다.
그녀는 손바닥으로 재상이의 손을 뿌리치며 웃었다.
하하~
하지만 재상이의 작은 장난은 계속되고 있었다.

동네 이름은 산드로사리오,
노던 세부 칼리지에서 동쪽으로 조금만 가면
4층짜리 하우스 건물이 있고 그 입구에는
아스펜 하우스(ASPEN HOUSE)라는 현수막이 붙어 있었다.

1층은 주인이 작은 구멍가게를 운영하고 있었다.
그 가게에 따듯한 물과 차가운 물이 나오는 생수통이 하나 있는데
신기하게 잠금장치가 있는 게 아닌가?

"이게 뭐지?"
일반 서민은 동전을 넣으면
가격만큼의 생수를 비닐로 받아 마실 수 있다.

일반 서민은 한국 돈 250원 하는 생수가 비싸서
비닐 생수를 사 먹는 것이다.

필리핀 사람의 나이는 가늠할 수 없지만
주인 남자는 대략 60대 정도의 나이에
필리피노치고는 큰 키에 너그러운 인상을 가지고 있었다.

주인 남자는 2층과 3층 룸을 보여 주었는데 에어컨과 침대 하나에
작은 옷장 그리고 화장실이 있는 모두 아담한 룸이다.
하지만 소피아는 재상이에게 보여 주고 싶은 방이 따로 있었다.
4층을 보여 주고 싶었던 것이다. 한국으로 말하자면 옥탑방이다.

4층 옥상 베란다에는 나무로 만든 탁자와 의자 3개가
균형을 맞추어 놓여 있었다.
왼쪽 방향으로는 멀리 항구 불빛이 보이고 100미터 앞 판자촌에는
한국의 서해 바다처럼 썰물 때 갯벌이 드러나는 해변이
눈앞에 펼쳐지는 곳이다.
바다를 감싼 해변의 구름은 마치 고흐의 그림을 연상케 하였다.

원룸 문을 열고 들어가자 전등 불빛 아래에 커다란 나방이
전혀 미동도 하지 않고 재상이를 바라보고 있었다.
재상이가 나방을 내쫓으려 하자 소피아가 말렸다.

"노우."
필리핀 나방은 나방 이상의 의미가 있다고 하였다.
"나방은 스피릿(영혼)을 의미하고
저 나방은 우리 사촌의 영혼이에요."

재상이는 별로 유쾌하지 않은 나방을 내쫓지도 못하고
어쩔 수 없이 룸에 두고 나왔다.

떠오르는 아침 해가 죽여준다는 주인아저씨의 말에
다른 곳은 더 볼 필요 없이 이곳으로 결정하였다.
이 근처에서는 아스펜 하우스 4층이 제일 높았다.

이곳은 보증금이 없고 대신 3개월 치를 선납하는 계약이다.

"오늘 저녁에 아스펜 하우스에서 만나요. 문자 보낼게요."

그날 밤 재상이는 아스펜 하우스에서 소피아를 다시 만났다.
4층 룸에는 아까 보았던 나방이 아직도 그 자리에서
재상이를 바라보고 있었다.

소피아는 룸에 들어가자마자 옷도 벗지 않고
뜨거운 입김을 쏟아 내며 재상이의 입술을 찾았다.

그동안 소피아 입술을 갖고 싶었던 재상이는
오히려 당황하여 입술을 뒤로 빼고 있었다.
그러자 소피아는 더욱 강렬하게 재상이의 목을 끌어당겼다.

지금 너의 사촌이 보고 있는데….
재상이는 자꾸 나방이 신경 쓰였다.
하지만,
아~ 얼마나 갖고 싶었던 소피아의 입술이었던가.
소피아의 입술은 박하 향이 나고 있었다.

이 순간을 위해 소피아가 박하사탕을 입에 물고 있었던 것이다.
"스윗."
입술은 서로를 찾기 바빴고 누가 먼저랄 것도 없이
옷을 던져 버리고 둘은 한 몸이 되었다.

재상이의 거친 숨소리와 소피아의 가냘픈 숨소리는 하모니가 되어
작은 아스펜 하우스를 가득 채우고 있었다.

바다의 신 넵튠(Neptune)이 화가 난 듯
소피아 위에서 폭풍을 일으키고 길지 않은 폭풍이 몰아친 다음
잠시 후 잔잔해진 바다 위에 둘은 나란히 표류하고 있었다.

"자기!"
한국 드라마의 영향으로 필리핀 연인들도
사랑하는 사람을 부를 때 자기라고 부른다.
"응."
재상이는 오랜만에 남자를 찾은 것에 대하여 만족하고 있었다.

그래 이게 사는 맛이야.
인생이 뭐 별거 있는가?
재상이는 먼 길을 돌아
운명의 여인(運命의 女人) 소피아를 만났다고 생각했다.

여자는 사랑받기 위해 사는 것이고
남자는 사랑하기 위해 사는 것이다.
재상이는 실로 오랜만에 사는 맛을 느끼고 있었다.

"소피아! 근데 여기서 뭘 해야 돈을 벌 수 있지?
소피아! 뭘 하면 돈을 벌 수 있냐고!"
재상이는 소피아에게 재차 물었다.
그녀는 잠시 고민하는 표정을 지으며
"저희 언니가 프라이빗 론을 했어요.
우리 집 옆에 새로 지은 집 하나 있죠?
그 집이 언니가 대출 사업으로 번 돈으로 지은 거예요."

필리핀 사람들에게는 희야(Hiya)라는 문화가 있다.
그들은 자존심이 매우 강하며 체면을 중히 여긴다.

아이들 생일부터 크고 작은 경조사를 위해
자신의 수입보다 큰 비용을 지불한다.
문제는 돈이 없는데도 빚을 얻어 잔치를 벌이는 게 문제다.

서민들의 대부분은 은행에 저축한다는 것은 엄두도 내지 못한다.
한국과 달리 은행에 통장을 만들려면 보증금이 있어야 한다.

"프라이빗 론? 그러니까 사채를 한다는 거지?
그거 리스크도 크고 힘들 텐데."

재상이는 전에 조 회장이 들려준 이야기가 생각났다.
"내가 아는 사람이 마닐라 근처에서 필리핀 여인을 만나
사채를 하였는데 결국 칼 맞았어.
사채는 결국 끝이 좋지 않아."
재상이는 필리핀 사채에 대해 부정적이었다.

"공무원이나 선생들에게 대출을 해 주면 괜찮아요."
그녀가 대상을 바로 말하는 것을 보고
구체적 계획이 있는 것 같았다.
"그럼 초기 자본은?"

"약 30만 페소면 돼요. 그러니까 약 7~8백만 원 정도."

그녀는 아스펜 하우스에서 별이 지기 전 재상이 가슴을 어루만지며
귓속말로 물었다.
"자기야! 프라이빗 론 자금 대 주실 거죠?"
"그래, 생각해 볼게."

재상이는 사채보다는 요즘 한류가 뜨고 있으니
K-식당을 하는 게 어떤가 생각하였다.
아스펜 하우스 옥탑방 창문 넘어 세부의 별빛이
그녀의 눈동자를 더 아름답게 만들고 있었다.
다음 날 아침 소피아는 아이를 학교에 보내야 한다며
일찍 일어나 거울을 보며 세수도 없이 아이라인을 칠하였다.
"금방 돌아올게요."
재상은 그녀가 돌아올 때까지 공항 책방에서 산
알베르 카뮈의 『부조리』라는 책을 다시 읽고 있었다.
오후에 소피아가 숨을 헐떡이며 4층까지 올라왔다.
"밥 먹었어? 우리 나가서 시원한 맥주 한잔하자."
더위에 지친 재상이는 시원한 필센이 먹고 싶어
아스펜 하우스 근처 로컬 식당을 찾았다.
"여기 필센 있어요?"
키가 작고 약간 뚱뚱한 로컬 식당 아주머니가
필센을 사다 주겠다고 하자

소피아가 먼저 지갑을 챙겨 들고 일어섰다.
처음 보는 재상이에게 어디서 왔냐며
"자펜?"
"코리안."
관심을 가졌다.
재상이는 처음 보는 식당 주인에게 웃으면서 나이부터 물었다.
"몇 살이에요?"
재상이는 그녀의 나이가 궁금했다.

"29살."
자신의 나이를 말하며 깔깔대고 웃는데
그 웃음의 의미는 알 수 없었다.
아마 재상이가 자신에게 관심이 있어 물어보는 것이라
생각한 것 같다.
"뭐, 29살?"
소피아와 같은 나이다.
소피아는 20대 중반으로 보이는데
이 아주머니는 40살도 더 되어 보였다.
여자의 나이는 어디서든 꾸미기에 따라 고무줄 나이가 된다는 말을
실감하는 순간이다.

맑은 하늘엔 갑자기 먹구름이 뒤덮였고
순식간에 굵은 소나비가 쏟아졌다.

양철 지붕 위로 쏟아지는 스콜의 빗방울이
북소리처럼 우르릉 쏟아졌다.
필리핀 서민 주택들처럼
이 작은 식당도 양철 지붕으로 만들었다.

더운 한낮의 양철이 얼마나 더운지
겪어 보지 않은 사람은 상상하기 어렵다.
다행히 가끔 내리는 스콜이 타오르는 지붕을 식혀 주고 있는 것이다.

잠시 후, 소피아가 빗속을 뚫고 돌아왔다.
손에 든 비닐봉지에 필센 두 병이 있었고,
몸은 온통 비에 젖어 있었다.
비에 젖은 머리카락이 여러 갈래로 뺨에 붙었고,
눈썹 끝과 콧등엔 빗방울이 맺혀 있었다.

지난번 재상이가 선물한 검은 티셔츠 너머로
물에 젖은 그녀의 볼륨감이 은근히 드러났다.
재상이는 순간 숨을 멈추고 그녀를 바라보았다.
'비 맞은 공주, 딱 그 말이 어울리는군.'

소피아의 비에 젖은 모습은
또 다른 아름다움으로 재상에게 다가왔다.
머리카락은 젖어 뺨에 부드럽게 붙어 있었고,

그 사이로 드러나는 눈빛은 평소보다 더 깊고 강렬했다.
빗방울이 콧등을 타고 흘러내리다,
입술 끝에서 투명한 보석처럼 반짝였다.
그 모습은 선정적이기보단 자연스럽고
유혹적이기보단 신비로웠다.

재상이는 지금 이 순간, 마음속에서 문득 이런 생각이 들었다.
'내가 이 여자를 정말 사랑하고 있구나.'

그저 한잔의 맥주를 마시려던 시간이 재상에게는
인생 전체를 뒤흔드는 시간으로 바뀌고 있었던 것이다.

삶이란, 마치 낡은 골프채처럼
이젠 더 이상 쓸모없고 재미도 없는 것처럼 느껴졌던 적이 있다.
소피아.
밝게 웃고 있지만, 그 웃음 속에는 드러나지 않은 외로움도 보였다.

사람이 사람에게 끌리는 건 단지 외모나 조건 때문이 아니라,
동질감, 그러니까 '너도 나처럼 아픈 사람이구나.'
그 공감에서 시작된다는 것을….

밖에서는 트라이시클 드라이버들이
쌀 포대나 비닐을 펼쳐 집게로 고정시키며 승객들의 비를

막아 주고 있었다.
황사와 공해로 오염된 한국과 달리 이곳에서만 볼 수 있는
영화 같은 소나기 풍경이다.
밥과 계란후라이, 가지나물, 생선국 모두 합해
한 끼 식사가 총 85페소.
우리나라 돈으로 약 2,500원 정도다.

주인 여자가 잔돈을 거슬러 주려 하자
소피아가 먼저 말했다.
"Keep the change(잔돈은 됐어요)."

스콜은 요란한 양철 지붕 소리처럼 요란만 떨다 이내 멈추었고
하늘은 언제 그랬냐는 듯 세부의 석양이 이 필리핀 대지를
다시 태우기 시작하였다.

보고 시티, 아침 7시 30분.
오늘도 구름이 심상치 않더니 비가 내리기 시작하였다.
비는 사람의 마음을 심리적으로 차분하게 끌어 내리는 힘이 있다.
어떻게 할 것인가?
무엇이 정답인가?
인생이란 풀 수 없는 방정식이라 재상이는 생각했다.
이것저것 다 모은 돈. 이게 재상이의 전 재산이다.
재상이는 ATM에서 돈을 찾아

가진 돈 전부를 미련 없이 소피아에게 주었다.

내 손을 떠난 돈은 이제 내 돈이 아니다.
이 돈은 빌려준 것이 아니라 준 것이다.
돈은 내 수중에 있을 때 내 돈이다.
이 돈을 빌려준 것이라고 생각하는 순간 비극은 시작될 것이다.

재상이는 허탈한 웃음이 나왔다.
천만 원도 안 되는 돈을 가지고
사랑하는 사람에게 별생각을 다 하고 있다 생각하였다.

그래, 미련 없이 주자. 사랑하는 사람을 위해 무얼 못 하겠나.
이 돈으로 소피아가 조금 더 잘살 수 있게 된다면
그것으로 좋다고 생각했다.

다음 날 새벽, 재상이는 식당에서 빌리지 회원 유 사장을 만났다.

"형님?"
"어?"
"들리는 소문에 형님이 소피아를 만나고 있다고 하더군요."
"어, 맞아. 근데 왜?"
"제가 여기서 7년 가까이 살았잖아요.
그래서 잘 아는데 소피아만큼은 좀 안 만나는 게 좋을 것 같아요."

"무슨 말이야?"

유 사장은 잠시 말을 아끼다 조심스레 말했다.
"다 말씀드릴 순 없지만, 좀 복잡한 여자예요."

재상이는 그 말에 별다른 대꾸 없이
식기판을 들고 밥과 반찬을 담은 뒤,
식당 구석에 자리를 잡았다.
유 사장도 함께 앉으며 말을 이어 갔다.

"형님, 생각해 보세요.
말년에 여기 정착해서 조용히 살려는 분이
왜 굳이 애가 4명이나 되는 여자를 만나려고 해요?"

"하나라고 들었는데?"
"아닙니다. 하나가 아니라 넷이에요.
그리고 애 아빠도 전부 다 달라요."
"뭐라고?"

재상이는 놀라움에 수저를 놓치고 말았다.

유 사장은 진지하게 이어 말했다.
"형님, 참하고 착한 여자 만나세요."

이 말은 진심입니다. 부디 새겨들으세요."
"알았어, 고마워."
재상은 생각에 잠겼다.
하나든 둘이든 상관없다고 여겼던 자신이지만,
주변 사람들이 하나같이 만류하는 걸 보면
뭔가 이유가 있긴 있는 것 같았다.

하지만 그는 여전히 소피아의 사랑을 믿었고
그대로 받아들이고 싶었다.
'남의 일에 관심 많은 건 한국이나 필리핀이나 똑같구나.'
생각하며 한숨을 내쉬었다.

오전 라운딩을 마친 후,
재상은 박주한 사무실 앞에서 카트를 멈췄다.
그곳에서는 카트 박 사장이 플라스틱 의자에 앉아
늦은 모닝커피를 즐기고 있었다.

"아, 형님! 안녕하세요!"
"어, 김 사장! 이리 와서 차 한잔하게.
소리 소문도 없이 언제 왔어?"

카트 박 사장의 말투에는 살짝 전라남도 억양이 묻어 있었다.

그는 과거 수사기관 출신으로 눈매가 날카로워 보였지만,
그런 인상을 누그러뜨리려 항상 미소를 잃지 않았다.

약간의 파마를 한 것인지, 아니면 원래 곱슬머리인지 모를
웨이브가 꽤 잘 어울리는 그였다.
지금은 70을 넘겼지만 여전히 이곳에서
새로운 인생을 살아가고 있다는 사실이
재상에게는 놀라움과 존경으로 다가왔다.
재상은 그에게 진심 어린 박수를 보냈다.

"아, 네. 사정이 있어서 전화도 못 드리고 왔습니다.
근데 형님, 저 뭐 하나 물어볼 게 있습니다."

"뭔데? 말해 봐.
자넨 이제 나와 의형제를 맺었으니 뭐든지 물어봐."
"소피아 말입니다."
"소피아가 왜?"
"혹시 소피아 아기가 몇인 줄 아세요?"
"3명인가 4명인 걸로 알고 있는데 왜?"
"네? 아닙니다."
정호가 분명 10년 이상을 알고 지내서
소피아네 집 수저가 몇 개인지도 알고 있다며
분명 하나라고 했는데.

재상이는 순간 할 말을 잊었다.

소피아 아기가 하나가 아닌 것만은 이제 정말 사실인 것 같고,
셋도 아니고 네 명이라니!

분명 세 명이라고 했는데 그것마저 거짓이면
재상이는 기가 막힐 뿐이었다.

"4명이요?"
"어, 그래. 소피아는 내가 잘 알지.
그 애는 꼬맹이 때부터 내가 보았으니까.
그리고 그 애 언니 있잖아, 마리아. 그 마리아가 걔 언니야.
근데 무슨 일인데?"

재상이는 잠시 생각에 빠졌다.
"아니요, 정호가 소피아를 소개하여 만나게 되었는데 궁금해서요."
"아니, 소피아가 김 사장을 만나?
내가 보기에 김 사장한테는 소피아가 어울리지 않아.
소피아는 사치성이 많아. 그리고 복잡해.
하여튼 내 마음엔 들지 않아."

"김 사장 아우, 정 그러면 내가 좋은 여자 하나 소개시켜 줄게."
옆에서 듣고 있던 수영이 형님이 답답하여 한마디 거들었다.

김수영 사장은 단정한 차림에 매우 핸섬한 사람이다.
오래전부터 이곳 필리핀 메르세데스 골프장에 건물을 지어
아내와 함께 자연을 벗 삼으며 인생을 즐기는
동네 형님 같은 분이다.

"소피아가 무슨 문제라도 있어요?"
"아니, 그런 건 아니고, 자네가 아까워서 그래."

"형님, 저라고 뭐 대단한 줄 아세요?
정호가 저에 대해 뭔 얘길 했는지 몰라도,
사실 저도 별 볼 일 없는 놈이에요."

소피아의 아이가 하나가 아니라는 건 분명해 보였다.
그렇다면 그녀는 왜 나에게 거짓말을 했을까?
금방 들통날 일을.

재상의 머릿속은 점점 복잡해졌다.
어제 론 사업을 하라고 돈까지 줬는데….
에이, 하나든 둘이든 그게 문제인가?

하지만 재상은 알고 있었다.
작은 거짓말이 나중에는
돌이킬 수 없는 상황으로 이어질 수 있다는 것을.

그건 인생을 통해서 익히 여러 번 겪어 본 일이었다.

셋도 아니고, 넷이라니.
소피아의 삶에 내가 낄 자리가 있을까?
'나는 그저 시간이 흘러, 내 곁을 지켜 줄 누군가가 필요할 뿐인데
과연 소피아에게 그럴 여유가 있을까?'

얼마 전, 정색하며 소피아의 아이 문제를 언급하던
철식이가 떠올랐다.
그땐 질투심에서 나오는 시샘이라고 넘겼지만,
이제 와서 그 말이 점점 마음에 남았다.

재상은 결심했다.
소피아에게 진실을 묻고, 거짓말이 확인되면 헤어지기로.

'아이가 넷이라니.'
넷을 낳은 여인치고 타고난 것인지 몸매는 날씬하였다.
'그래, 거짓이면 미련 없이 끝내자.
하지만, 셋이든 넷이든 그게 뭐 그렇게 중요한가?'

재상은 갈팡질팡했다.
하지만 결국 결론을 내렸다.

'그래도 네 명을 하나라고 거짓말한 건 아니지.
소피아가 뭐라고 변명을 하는지 들어나 보자.'

그는 소피아에게 카톡 전화를 걸었다.
"할 얘기가 있으니 만납시다. 어제 준 돈도 가지고 나오세요."

1시간 후, 메들린 퍼블릭 마켓 입구의 작은 레스토랑에서
그녀를 만났다.
소피아는 아무 말 없이 재상의 말투에서 분위기를 느꼈는지,
표정이 무거웠다.

"소피아, 당신은 왜 아이가 네 명인데 하나라고 했어요?
곧 밝혀질 일이라는 걸 몰랐나요?"

소피아는 아무 말 없이 고개를 떨궜고,
그녀의 눈동자에 눈물이 맺히기 시작했다.

검푸른 눈동자에 맺힌 눈물은,
마치 사파이어 보석 위에 떨어지는 이슬 같았다.

이러면 안 되는데
재상은 그녀의 눈물에 마음이 흔들리고 있었다.

여자의 눈물을 조심해야 하는데
하지만 이미 그는 소피아를 사랑하고 있었다.

창문 없는 레스토랑의 스피커에서는
랜디 반 워머의 「Just When I Needed You Most」가 흐르고 있었다.
마치 재상의 심정을 대변하듯.

"제가 아이가 많다고 하면 당신이 저를 멀리할까 봐 그랬어요.
저는 당신을 놓치고 싶지 않았어요.
이건 진심이에요. 미안합니다."

필리핀 사람들은 역사적으로 사과를 하면 불이익을 당한다고
쉽게 미안하다는 말을 하지 않는다고 들었다.
그런 그녀가, 지금 사과하고 있었다.

한편, 재상의 머릿속은 또다시 복잡해졌다.
'그녀가 과연 돈을 가져왔을까?'
만약 가지고 왔다면 모든 걸 용서해 줄 수 있을 것 같았다.

'아니야, 그럴 리 없어. 그 돈은 벌써 다 써 버렸을 거야.'
그때, 소피아가 조용히 핸드백을 열었다.
종이에 싼 현금 뭉치를 꺼내 식탁 위에 올려놓았다.

그 순간, 재상은 숨이 멎을 뻔하였다.

그녀는 돈을 정말로 돌려주러 나온 것이었다.
단지 화가 나서 꺼낸 말이었을 뿐,
진심으로 돌려받을 거라 기대하지는 않았기에 더욱 놀라웠다.
'역시 이 여자는 다른 여자들과 달라.'
그녀에 대한 믿음이 더 깊어졌다.

한국 여자 중에서도
이렇게 아무 말 없이 돈을 돌려줄 여자가 몇이나 될까?
여러 핑계를 대거나, 변명부터 하지 않았을까?

재상은 돈을 조용히 식탁 오른쪽으로 밀었다.
그리고 말했다.

"소피아, 하나만 더 물어볼 게 있어.
우리 처음 만났을 때 했던 말, 지금도 그 마음 변하지 않았나요?"
소피아는 고개를 끄덕이며 작게 대답했다.
"예스."

"그럼, Take it back.
이 돈은 도로 가져가요. 우리 계속 만납시다."
조용히 눈물을 흘리던 소피아는 한국말로

"다시 한번 미안합니다."

"그럴 수 있어요. 자신의 단점이 부끄러워
거짓말을 할 수 있지만 앞으로는 그러지 마세요."
재상이는 그녀를 다시 믿기로 마음먹었다.

재상이는 한국으로 돌아가기 전 인터넷에서 본
반타얀섬에 가 보고 싶었다.

"소피아, 반타얀섬에 갈 수 있어요?"
"물론이에요."
소피아는 언제 심각한 적이 있었냐는 듯 밝은 얼굴로 대답했다.
"저도 가고 싶었어요."
"그럼 언제 갈까요?"
"지금 당장?"
"지금 당장이요?"
"그럼 1시간 후 아스펜으로 갈게요."

하그나야 항구(HAGNAYA PORT)까지는
보고 시티 아스펜 하우스에서 트라이시클로 약 30분 거리였다.

여름 성수기 전이지만 현지인과 백인들이
표를 사기 위해 긴 줄을 서서 기다리고 있었다.

표 파는 입구에 가격표가 성인 300페소라고 쓰여 있는데
필리핀 물가를 생각하면 약간 비싼 편이었다.

소피아는 암표상 같은 현지인에게 다가가더니
줄을 서지 않고 바로 티켓을 구해 가지고 왔다.
줄을 서서 기다리지 않고 쉽게 배를 탈 수 있었다.
아마 소피아가 급행료를 준 것 같았다.

반타얀섬으로 가는 배는 옛날 인천 연안 부두에서 오가던 배와
크기가 비슷하였다.
자동차 몇 대와 세부에서 출발한 버스가 실려 있었고
재상이는 노란색 라인 인도 표시를 따라 소피아와 함께
2층으로 올라갔다.

그곳은 침대칸인데 벌써 많은 사람이 자리 잡고 있었다.
재상이는 소피아와 동쪽에 비어 있는 침대 위에 걸터앉았다.
바닷바람이 불고 있었지만 많은 사람의 열기로 인하여
시원함을 느낄 수 없었다.

"여기 누우세요."
자신의 무릎을 내주며 재상이를 편하게 해 주려 노력하는
소피아가 고마웠다.

잠시 후,

"뿌~"

긴 고동 소리를 울리며 배가 곧 출발한다는 신호를 보냈다.
드디어 검은 매연을 뿜어 대며 동력 발전기가 돌아가고 있었다.

반타얀섬까지는 약 한 시간가량 가야 한다.
이곳에도 갈매기는 여행객의 낭만을 위해
여행객이 주는 과자를 물고 사라졌다 다시 오고 있었다.

캔틴(CANTEEN) 위에 작은 종이로 쓴
'Do not'이라는 글자가 눈에 들어왔다.
먹을 간식을 준비하지 않은 소피아는
아이스박스를 들고 행상을 하는 젊은 청년에게 물 2병을 샀다.

섬으로 가는 배는 언제나 묘한 흥분을 갖게 만든다.
오른쪽에는 멀리서도 알아볼 수 있는
주황색 퀸즈 골프텔이 재상이의 눈에 들어왔다.
세부 북부의 끝을 지나자 오른쪽에 세 뼘 정도의 작은 섬이
파도 넘어서 또 다른 시선을 끌고 있었다.

나이 든 백인 부부는 젊은 딸 셋과 아들인지 사위인지
2명의 남자와 함께 여행을 하고 있었다.

그들이 백인 아버지의 말에 귀를 기울이는 모습을 보며
재상이는 그가 부러웠다.

섬으로 가는 여행은 날씨의 영향을 많이 받는다.
어제까지만 해도 파도가 높아 배가 움직일 수 없었는데
오늘은 바다가 모든 여행객에게 길을 허락하였다.
인생이란 어찌 보면 이 바다와 같은 것이다.

어느덧 재상이의 배는 기적 소리와 함께
반타얀섬 산타페 항구에 도착하였다.
우리나라 제주도는 제주시, 서귀포시 남제주군과 북제주군으로
나뉘어 있는 것처럼
반타얀섬은 제주도의 1/20 정도의 작은 섬인데도 불구하고
산타페, 반타얀, 마드리데 호수 3개 지역으로 나뉘어 있다.
산타페 항구는 비치 관광 중심이고,
반타얀은 로컬 문화를 볼 수 있는 곳이다.
마드리데 호수는 북쪽 끝에 있는 아주 조용한 시골 어촌이다.

9. 소피아의 고백(告白)

여행객들이 섬에 내리자 트라이시클이 여행객을 실어 나르기 위해
서로 호객 행위를 하고 있었다.
재상이는 인터넷으로 미리 예약한 호텔 셔틀버스를 타고
10분 거리에 있는 비치 호텔에 도착하였다.

푸른빛을 쏟아 내는 반타얀섬의 바다는
시간마다 서로 다른 영롱한 빛깔을 만들어 내고 있었다.

비치 호텔은 필리핀 전통 야자수로 외관을 꾸미고
내부는 대나무로 실내 장식을 꾸몄다.
바로 앞에 있는 해변의 하얀 백사장이
파도와 함께 눈이 부시게 밀려왔다
소피아 역시 리조트를 둘러보며 "뷰티풀!" 하며 즐거워하였다.

잠시 여독을 풀자 소피아는
재상이에게 보여 주고 싶은 관광지가 있다며
트라이시클을 타러 가자며 재상이의 손을 잡았다.

옥동 동굴(OGDONG CAVE)이라는 작은 동굴은 민물 동굴이라 하여
차가운 지하수를 생각하였는데 생각보다 시원하지 않았다.
소피아는 물에 들어가지 않고 팬티만 입은 재상이에게 다가와
사진을 같이 찍자며 핸드폰을 관광객에게 부탁하였다.

민물 밖으로 나오니 규모에 비하여 샤워 시설은 하나밖에 없었다.
샤워를 기다리는 사람 뒤에 서서 차례를 기다리는데
물 수압이 너무 약하여 오랜 시간을 들여야 몸을 씻을 수 있었다.

겨우 샤워를 마친 재상이는 다음 장소로 향했다.
대나무를 엮어 공원을 만든
맹그로브 공원(Mangrove Eco Park)은
바닷물에서 자라는 맹그로브 나무로 유명하다.
대나무로 엮은 다리가 갯벌과 바다 사이에서
아름다운 조화를 이루고 있었다.
이곳은 마치 제임스 카메론 감독의 영화
「아바타」의 한 장면 같았다.

양옆으로는 짙은 초록빛 맹그로브 나무가
뿌리를 드러낸 채 바닷물을 움켜쥐고 있었고,
그 사이를 세부의 더운 바람이 파도를 느리게 밀어내고 있었다.

"자기야! 이거 마치 영화 같지 않아요? 「아바타」 본 적 있어요?"

소피아는 아이처럼 눈을 반짝이며 영화의 한 장면을 만들려고
자신의 얼굴을 저 멀리 태평양 한가운데로 보내고 있었다.
재상이는 소피아의 어설픈 장면을
한 컷, 한 컷 핸드폰 사진에 담았다.

관광객은 재상과 소피아 외 4명 정도뿐이다.
이 입장료로 직원 급여나 제대로 줄지 궁금할 따름이다.
맹그로브 숲은 바람 소리와 파도 소리
그리고 나무 흔들리는 소리가 하모니가 되어
재상이와 소피아에게 다가왔다.
모든 것이 자연의 심장 소리처럼 느껴졌다.
그 속을 걷는 소피아는 그저 해맑고, 순수한 여인의 모습이었다.

잠시 재상이는 대나무 다리 위에 걸터앉아 태평양 바다를 바라보았다.
소피아가 잠시 머뭇거리더니 제상이 옆에 와서 앉았다.
소피아는 저 멀리 파란 바다 위의 여객선을 바라보며
조심스럽게 입을 열었다.
"아이들 이야기요.
미안해요, 처음부터 솔직하게 말하지 못해서.
제가 변명할 기회를 놓쳐 버렸어요."

재상은 말없이 그녀의 눈을 바라보았다.

이 순간만큼은 그녀의 눈에 변명도, 연기도 없는
그대로의 진심이 담겨 있었다.
"큰애 아빠가 프리즌(Prison), 그러니까 교도소에 있어요."
"뭐?"
재상이는 정말 놀라서 작은 외마디 비명을 질렀다.
"교도소라고?"
"네."
"Why?"
그녀는 아랫입술을 깨물며 잠시 먼 바다만 바라보았다.
그리고는 다시 깊은 한숨을 내쉬는데
이는 한국 사람만이 하는 행동인 줄 알았는데
소피아가 그 한숨을 쉬고 있었다.

그리고는 잠시 후 또다시 눈물을 글썽이기 시작했다.
그녀의 눈물, 그녀의 진실.

"제가 고등학교 졸업할 때쯤,
제 친구들은 모두 스쿠터를 타고 다녔어요.
하지만 가난한 저는 스쿠터를 가질 수 없었어요.
저는 정말 스쿠터가 너무 갖고 싶었어요.
저는 항상 걸어 다니거나 친구 스쿠터에 매달려 다녔거든요.
정작 내가 가고 싶은 곳, 그러니까
골든 샌드 비치는 버스를 타고 갈 수 있지만

콜드 스프링(Cold spring)은
스쿠터 없이는 갈 수 없는 곳이에요.
우리는 단짝이 7명이었는데 저만 스쿠터가 없었어요.
그때 저는 정말 스쿠터가 너무 갖고 싶었어요."

"그래 이해할 수 있어. 나도 그런 시절이 있었거든."

"그래서 친구 소개로 중고 스쿠터 대리점에 갔는데
미성년자라 안 된다는 거예요.
그러면서 스쿠터 가게 주인이 사채 업자를 소개시켜 줬어요.
저는 계획도 없이 무작정 스쿠터를 갖고 싶다는 생각에
사채로 스쿠터를 샀어요.
그때부터 비극이 시작된 거예요."

소피아는 목이 멘 듯 흐느꼈다.
"이자와 원금이 3달 이상 밀리자
사채업자는 그때부터 저를 협박하기 시작했고
끝내는 내 몸을 요구하기 시작했어요.
당시 저는 메들린 고교 퀸이었는데.
얼굴 예쁘고 몸매 좋다고 소문난 저를
많은 사내가 탐내고 있었거든요.
사채업자는 매번 나에게 문자를 보내 내 몸을 요구했는데
더군다나 그놈은 변태였어요.

그놈이 성욕을 채우기 위해 제게 한 행동은
말로 표현할 수 없었어요.
저는 단지 매일 그놈이 없어지기만 기도할 뿐이었어요.
하루하루 그놈의 추행은 저에게 있어
언제 끝날지 모르는 시시포스의 바위였어요.
여기서 벗어나는 길은 그 사채업자를 죽이는 수밖에 없다고
생각할 때 아이 아빠가, 그러니까 제 남자 친구가
이 사실을 알게 되었어요.

그로부터 한 보름이 지난 후부터
사채업자의 전화나 독촉 문자가 없었어요.
나중에 안 사실이지만 남자 친구가
그 사채업자를 펜타닐 패치 약물로 혼절시킨 다음
준비해 간 끈으로 그놈의 목을 다시 한번 조이고 죽였어요.
그리고 시체를 필리핀 전통 나무배 방카 배로 옮긴 다음
큰 돌 몇 개를 묶어 나일론 지역 동쪽 바다에 수장시켰는데
일주일 후 그만 어부에 의해 발각이 되었어요.

펜타닐 패치는 강력한 마약 성분이거든요.
2mg 이하로도 호흡 정지나 사망에 이를 정도로
매우 위험한 물질이에요.

어느 날 메들린 경찰서 형사가 학교로 저를 찾아왔어요.
돈도 없는 제가 스쿠터를 사서 다닌다는 소문을 듣고
그 사채업자를 죽인 유력한 범인으로 저를 지목한 거예요.
그제야 제 남자 친구가 저를 위해 살인을 한 사실을 알았어요.

선생님이 라파엘, 그러니까 제 남자 친구 라파엘은 모범생이다.
여긴 학교고 많은 학생이 보고 있으니
자신이 보증을 설 테니 수갑만은 채우지 말아 달라고
사정을 하길래 옆에서 지켜보던 저는
하염없이 눈물만 흘릴 수밖에 없었어요.

저는 두려움과 공포 속에 경찰서로 찾아갔어요.
이 모든 일이 저 때문에 일어난 일이라고 말하려고요.
먼저 라파엘을 만나려 했는데 살인자라서 면회가 안 된다길래
라파엘 형을 만났어요.
다행히 형을 통해 라파엘을 만났더니 라파엘은
혼자 단독 범행이었다며
'너는 아무것도 모르잖아. 그냥 가만히 있어.
우리 아이를 생각해.'
그러면서 저를 보호해 주었어요.

그리고 혼자 교도소에 수감되었어요.
그는 제가 자신의 아이를 가진 것을 알고

끝내 단독 범행이었다며 저를 지켜 준 거예요."
그녀는 폭포처럼 눈물을 쏟아 내며 오열을 하기 시작했다.

한참의 시간이 지나고 소피아는 다시 눈물에 젖은 말을 이어 갔다.

"저는 악녀예요.
저 때문에 그가 살인을 하고 아직도 감옥에 있는 거예요.
그는 공부도 잘했고 졸업하면
마닐라 대학에 진학하기로 되어 있었거든요."

그녀의 통곡은 재상의 가슴을 먹먹하게 만들었다.
"큰애 나이가 10살이니 벌써 10년이 지났어요."

그녀는 한동안 통곡을 하고 난 후 이야기를 이어 갔다.
"그 후 저는 아이 아빠의 옥바라지를 하기 위해
돈을 벌어야 했어요. 한 달에 한 번 그를 만나기 위해!
10년 넘게 한 번도 빠짐없이 교도소에 갔어요."
"교도소가 어디 있는데?"

"CPDRC 교도소는 세부 칼루나산 바랑가이에 있어요.
여기 필리핀 교도소에서는 치약, 칫솔, 비누, 약 같은
모든 생필품을 수감자 개인이 직접 사야 해요.

저는 그가 필요한 물건들을 살 수 있도록 매달 면회 갈 때마다
돈을 건네주었어요.
그는 늘 말했어요.
'이제 오지 마. 나 괜찮아!'
하지만 저는 그럴 수 없었어요."

'아니, 그럼 매월 메들린에서 그 먼 세부 교도소까지?'
재상이는 생각했다.
"그래! 당신이니까 할 수 있지."
웬만한 여인이었다면,
그쯤에서 포기하고 고무신을 거꾸로 신었을지 모르지.

"가이사노 마트 캐셔부터 시작해서 안 해 본 일이 없었어요."
그녀는 담담하게 말했다.

"하지만, 한 달에 만 페소도 안 되는 돈으로
면회는 가야 하고 아이 우윳값조차 감당하기 힘들었어요.
모든 게 막막했죠.
그때는 제가 전생에 무슨 죄를 지었길래 이렇게 살아야 하나….
하루하루가 힘들었어요.
그러던 중, 언니의 소개로 메르세데스 골프 클럽에서
캐디 일을 시작하게 되었어요.
처음엔 정말 행복했어요.

손님들과 같이 웃고, 바람이 불어오는 그린,
태양이 내리쬐는 골프장은 제 세상의 전부였어요.
공을 줍고, 클럽을 닦고, 팁을 조금이라도 받을 수 있으면
그날은 축복 같았어요."

그녀는 잠시 말을 멈췄다.
"그런데, 전 세계적으로 코로나19가 퍼지고 팬데믹이 닥쳤어요.
이곳 메들린도 예외가 아니었어요.
2021년 8월, 시 당국이 통제를 시작하더니
곧 메르세데스 골프장도 문을 닫았어요."

그녀의 눈빛이 슬퍼졌다.
"그때 정말 아무것도 할 수가 없었어요.
일자리도, 돈도, 희망도 사라졌죠.
아이들 우윳값도 없었으니까요.
살아갈 의욕이 완전히 꺼져 버렸어요."

재상은 아무 말 없이 바다를 바라보며 그녀의 이야기를 들었다.
그녀는 천천히 손끝을 만지작거리며 말을 이었다.

"그때 친구가 제게 어떤 일을 제안했어요.
그녀는 '살기 위해선 어쩔 수 없다'고 말했죠.
그때 제가 할 수 있는 일은 콜걸뿐이었어요."

그녀의 목소리는 떨렸지만,
눈에는 눈물이 맺히지 않았다.
이미 오래전에 다 말라 버린 눈물 같았다.

"저를 욕해도 좋아요."
그녀는 고개를 숙였다.
"하지만 그땐 정말 다른 방법이 없었어요.
아니, 방법이 있었겠지만 저는 너무 쉬운 길을 간 거예요."
잠시 정적이 흘렀다.
세부의 파도 소리가 파도와 함께 밀려왔다.
그녀는 말을 잇지 못한 채, 깊은 한숨만 내쉬었다.
지난 세월의 모든 후회와 용서, 그리고 꺼지지 않는
슬픔이 섞인 한숨이었다.

"그래서 그때 그렇게 원치 않는 임신을 하게 되었고
둘째, 셋째 아이가 생긴 거예요."

재상은 할 말을 잃고 그녀의 고백 앞에
차라리 듣지 말았으면 하였다.

"2023년 7월 필리핀 당국이 공식적으로 코로나19 해제를 발표하고
메르세데스 골프장도 정상으로 돌아왔어요.

그러던 어느 날, 8월 2일,
골프 여행객으로 이곳에 온 당신을 만난 거예요."

그녀는 잠시 말을 멈췄다.
그리고 고개를 천천히 떨구었다.

"저는 그저 아이들을 지키고 싶었어요.
그리고 당신 앞에서는 그냥 '여자'이고 싶었어요.
과거가 아닌, 지금의 나를 봐줄 순 없나요?"

재상은 깊은 한숨을 쉬었다.
"저는 정말 당신을 사랑해요.
하지만, 사랑한다는 이유만으로 함께할 수 있는 게
아니라는 것도 알고 있어요.
당신까지 힘들게 하고 싶지 않아요.
이제 당신의 선택에 따르겠어요."

태양이 푸른 파도를 붉게 물들이며 서서히 지고 있었다.
반타얀 아일랜드 해변의 태양은
하루를 마감한다는 표현을 붉은색으로 하고 있었다.
소피아와 재상은 아무 말 없이 그 붉은 바다를 바라보았다.

재상은 그녀에게 묻고 싶은 게 많았지만,
한동안 붉은 바다만 바라보았다.

"소피아, 배고픈데 뭐라도 먹자."
재상이는 모래를 두 주먹 가득 움켜쥔 채 천천히 일어섰다.
손가락 사이로 모래가 흩어져 갔다.
그는 지금 취하고 싶었다.
지금 이 순간, 취하지 않으면 도무지 숨을 쉴 수 없을 것 같았다.

둘은 반타얀 번화가에 있는 한 로컬 식당으로 들어갔다.
가리비 조개, 치킨 바비큐를 주문하고 소주도 함께 시켰다.

이곳은 한국인들이 자주 찾는 관광지지만,
여기 식당에도 소주가 없었다.
다행히 식당 주인은 근처 한국 슈퍼에서 사 온 소주는
가져와 마셔도 된다고 했다.
하지만 재상은 60도짜리 탄두아이를 사서 컵에 따랐다.

그 슈퍼는 규모는 작지만, 한글로 '슈퍼마켓'이란 간판을 걸어 놨다.
한국인 남자가 가족과 운영하고 있었다.
그는 필리핀 여성과 결혼해 아이와 함께 이곳에서 살고 있었고,
표정에는 행복이 가득 묻어나 있었다.

아마도 그 역시, 이곳에 오래 살면서 필리핀 사람들처럼
조금은 낙천적으로 변한 것일지도 모른다.

재상은 생각했다.
도시의 많은 부자들은 끝없이 더 많은 돈을 좇으며 불행하게 산다.
하지만 이곳 사람들은 넉넉하지 않아도,
행복을 옆에 두고 살아가고 있었다.

그때였다.
소피아가 탄두아이 한 잔을 입에 물고는 조용히 입을 열었다.

"저 한국 아이 갖고 싶어요."
"뭐라고?"
그녀는 재상이 아이를 가져야만
재상이가 혹시 떠나는 것을 막을 수 있다고 생각한 것이다.
그날 밤, 재상은 그녀의 말을 농담이라고 생각했다.
이미 아이 넷을 낳은 여자가
또 아이를 원한다는 건
그의 상식으로 이해할 수 없는 일이라 생각했기 때문이다.

다음 날, 술이 채 깨기도 전에 세부 막탄 비행장으로 가는
블랙 택시를 탔다.
그리고 눈을 뜨니 인천 공항이었다.

무거운 마음이 어느 정도 가라앉을 즈음 소피아의 카톡이 울렸다.
"Jagiya! 내 친한 캐디 친구 루시나가 오늘 하늘나라로 갔어요."
"뭐? 루시나?"

그녀는 전에 라운딩할 때 철식이가 부른 엄브렐라 걸이었다.
소피아 못지않게 아주 예뻤던 게 기억이 났다.
긴 금발의 미인이었고 아주 착한 여자였다.

"어째서?"
"아기를 낳다가 그만….
적은 돈이라도 좋으니 기브 좀 해 주세요.
그녀의 집이 가난하여 장례를 치를 수가 없어요."
소피아는 장례식장 사진과 동영상을 보내 주었다.
그곳엔 여러 캐디들이 슬픔을 함께하고 있었다.

재상이는 소피아의 부탁을 받고 얼마를 보내야 하나
고민하다 적은 돈을 온라인으로 보냈다.

"다행히 아이는 무사해요. 남자아이예요.
근데 그 아이가 모두들 분명 한국 아이래요."
"누가 그래?"
"제 친구 롤리타가 아기를 자세히 봤어요."
"아기 아빠는 누군데?"

"빌리지 한국 사람들 중 하나일 거래요.
나이 많은 캐디가 잘라 말했어요."

혹시 재상이는 루시나의 아기 아빠가 철식이가 아닌가 생각했다.
철식이가 루시나와 하룻밤을 잔 지 벌써 10개월이 지났다.
10개월이라는 시간은 재상이가 철식이를 의심할 충분한 시간이었다.

철식이가 엄브렐라 걸과 약속이 있다며 재상이에게 자랑하며
하룻밤을 자고 온 것이 생각났다. 그때 혹시?

낙태가 불법인 이 필리핀에서 원치 않은 임신을 하였을 때
아기를 지우려면 불법으로 약 2~3만 페소가 필요하다.
대부분의 가난한 필리핀 여성들은 어쩔 수 없이 아이를 낳을 수밖에
없다.
아니, 그보다 필리핀은 어느 나라보다 모성애가 강한 나라다.
서른도 안 된 필리핀 여성의 아이가 보통 3~4명이 되는
이유가 여기 있는 것이다.

"캐디 중 한 사람이 아기가 주 사장을 많이 닮았다고 해요."
"뭐? 주 사장?"
어느 캐디의 말 한마디에 아이 아빠는
확실하지 않은 주 사장 아이가 되고 말았다.

죽은 자는 말이 없고 남아 있는 자들이 제멋대로 상상을 하며
한마디씩 뱉어 내고 있었다.
이제 갓 태어난 아이를 보고 유전자 검사 없이
어떻게 판단할 수 있는가?

"죽일 놈, 우리 루시나를 이렇게 만들다니."
비난은 주 사장에게 점점 집중되고 있었다.

주 사장을 많이 닮았다는 말에 재상이의 생각도
철식이에서 주 사장으로 바뀌고 있었다.
만일 주 사장 아이라면 재상이의 상상력은 점점 커져 가고 있었다.

마음에 드는 여자한테는 계속 퇴짜를 맞고
결국 돈이 필요한 여자들에게 돈으로 거래를 하여
임신을 시킨 게 분명하다는 생각이 들었다.

그럼 아이는 어떻게 되는 거지?
주 사장에게 루시나의 죽음을 알려야 하는 거 아니야?
재상이는 루시나의 죽음을 주 사장하고 정호에게 말하려다 그만두었다.

루시나가 출산을 하다 죽은 지 딱 한 달이 지나갈 무렵
핸드폰 벨 소리가 심상치 않게 들렸다.

핸드폰 벨 소리는 언제나 같은데 오늘따라 달리 들렸다.

"저 임신했어요."
"뭐? 임신?"
임신에 대하여 전혀 생각지도 않은 재상이는
너무 놀라 머리카락이 쭈뼛 서고 있었다.

소피아가 결국 사고를 치고 만 것이다.
아니, 따지고 보면 결국 재상이가 사고를 친 것이다.

소피아가 임신 진단기를 카톡으로 보내왔는데 어딘지 부자연스러웠다.
언젠가 유튜브에서 한국 남자에게 돈 뜯어내는 필리핀 여성의
동영상을 본 적이 있었는데 하는 방법이 너무 비슷했다.
사진은 직접 찍은 사진이 아니라
어딘가에 있는 사진을 캡처해서 보낸 것이다.

'소피아는 그럴 여자가 아니야.' 그렇게 믿고 싶었지만
'나를 어리석은 한국 놈으로 생각하고 있는 게 아닌가?'
한편으로 재상은 생각했다.
그래도 모르는 척 속아 주며 돈을 만 페소 보내 주었다.
만 페소는 아이를 지우는 데 부족한 돈인데
더 이상 보내 달라는 말은 없었다.

그러면서 정말 그녀의 임신이 사실이라면 어떻게 할 것인가 생각했다.
경제적 여유가 있다면 환갑이 넘은 재상이는
잔치라도 벌여야 할 일이지만
지금의 현실은 마냥 기뻐할 수 없는 일이다.

소피아의 임신, 이것은 재상이 인생에 전혀 없는 계획이었다.

"당신은 기쁘지 않나 보죠?
나는 누가 뭐래도 아이를 낳을 거예요."
그녀는 재상이의 반응에 실망하고 바로 핸드폰을 닫았다.

아마 자신의 아이를 가졌다고 말하면
크게 기뻐하며 많은 선물을 줄 거라 기대했는데
재상의 덤덤한 반응에 실망한 것이다.

"그게 아니야."
당황한 재상은 그녀에게 여러 번 전화를 하였지만
그녀의 핸드폰은 열리지 않았다.

혹시 소피아가 극단적인 생각은 하지 않을까?
그녀로부터 너무 멀리 있는
재상이의 속은 타들어 가고 있었다.

소피아의 진심이 무엇일까?
재상이는 정호나 주 사장처럼 부자가 아니라
평범한 한국 사람이라고 몇 번이나 말을 했는데
그 말을 소피아가 믿지 않은 것인가.

한편으로는 과거 유럽의 정복자들은
자신의 후손을 이곳저곳 퍼트렸는데
정복자가 아닌 재상이는 머나먼 필리핀까지
자신의 후손을 남기고 싶지 않았다.
아니, 능력이 있다면 하나 정도 남기는 것도
나쁘지 않다는 생각이 들었지만 이내 고개를 저었다.

이 나이에 자신의 인생을 아이에게 희생하기엔
너무 힘이 없다고 생각했다.
재상이의 인생에 있어 이번 운명은 피하고 싶었다.

아니, 소피아가 아이 하나만 있었더라도 생각해 볼 문제였다.
소피아가 만약 이번 아이까지 낳는다면
엄마 하나에 아이 아빠가 재상이 포함하여 3명이 되고
형제는 5명이 되는 것이다.
한국 정서상 생각만 해도 끔찍한 일이다.

아이가 조금 컸을 때 서로 다른 아빠가 3명이나 되는
엄마를 어떻게 생각할지
아무리 성(性)에 자유로운 필리핀이라도
아이에게 상처가 될 게 분명했다.

그나저나 통화가 되어야 무슨 방법을 찾지.
재상이는 답답하였다.

한편, 이른 새벽부터
메르세데스 골프장 캐디 하우스가 시끌벅적하였다.
"주 사장이 칼을 가지고 다닌대."
"무슨 칼?"
"날카로운 일본 칼이래."
"왜?"
"모르겠어. 누구를 찔러 죽인다고 하던데."
"그게 누구야?"

애를 12명이나 낳은 줄리엣은
작년에 아이가 아파 돈 만 페소를 주 사장에게 빌렸는데
아직 갚지 못하고 있었다.
그사이 주 사장이 몇 번이나 이자 대신 잠자리를 요구하였지만
계속 거절하고 있었기에 그 대상이 자신일 거라는 생각이 들었다.

줄리엣의 집은 골프장 옆 야자나무 숲 가운데에 있다.
그곳엔 가난한 필리핀 과부들이 십여 가구 판자촌에 모여
살고 있었고 아이들은 골프장 플레이어들이 잃어버린 공을 주워
용돈을 벌고 있었다.
그녀의 집은 다 쓰러져 가는 원두막 단칸방이다.
그곳에서 아이 12명과 새로 만난 30대 필리핀 남자와
선풍기도 없이 살고 있다.

줄리엣은 가끔 한국 게스트들을 집으로 초대하여
"내가 이렇게 가난하게 살고 있으니 조금 도와주세요."
하며 도움을 청한다.
오 여사도 줄리엣 집에 초대되어 기브를 하였다.
그러면서
"나이 마흔에 아이가 12명 그리고 그 나이에 앞니가 다 빠져
저러고 있으니 불쌍해 죽겠어요."
하며 그녀의 인생이 불쌍하다며 눈물을 글썽거렸다.

여기 필리핀 사람은 모든 홍보와 소통을 페이스북으로 하고 있다.
식당이나 옷 가게 등 모든 아이템을
페이스북에 올리고 세일을 하고 있는 것이다.
시민들을 위해 시나 단체에서 페이스북을 운영할 정도로
SNS, 그중 유독 페이스북이 발달되어 있다.

하지만 SNS가 꼭 좋은 쪽으로만 발전하는 게 아니다.

남자들은 성적 대상으로 여자를 고를 때 페이스북을 이용하고
여자들은 자신의 매력을 페이스북에 올려 남성들을 유혹하고 있었다.

이곳에 관광 온 한국인들은 하룻밤에 약 3,000~4,000페소 정도
지불하면 젊은 필리핀 아가씨와 하룻밤을 보낼 수 있다.

성을 직업으로 하는 콜걸도 있지만
언젠가 주 사장이 보여 준 페이스북에는
용돈이 필요한 젊은 필리핀 걸들이
자신의 몸매를 페이스북에 올려 남자를 유혹하고 있었다.

"우리 중 누구?
아니, 그러면 큰일이 나기 전에
경찰에 주 사장을 신고해야 하는 거 아니야?"
망고나무 뒤에 있던 뚱뚱한 엘리나가 일어나 앞으로 나오면서
큰 소리로 말하였다.

"사실 주 사장은 우리들에게 돈 몇 푼으로 막 가슴도 만지고
잠자리도 요구하고 정말 더티했어."
롤리타가 엘리나 말을 거들어 주었다.

"그런 그를 이제는 처단할 기회가 온 거야."
"아니야, 주 사장 그렇게 나쁜 사람 아니야."
소피아가 나서며 주 사장을 두둔하자, 줄리엣이
"왜 그래! 너 주 사장에게 돈 받은 거 다 알아.
그동안 내가 참고 말하지 않았는데 이제는 참을 수 없어."
"뭐라고?"
캐디 하우스는 주 사장 문제로 다시 시끄러워지기 시작했다.

그때 캐디 일을 다시 시작한 대학생 올리비아가 말했다.
"언니들 주 사장이 큰일 벌이기 전에
엘리나 언니 말대로 경찰에 신고해야 해요."

주 사장에게 돈을 빌린 캐디들은
주 사장이 경찰에 구속되어 추방을 당한다면
빌린 돈을 갚지 않아도 된다는 생각에
주 사장을 경찰에 신고해야 한다고 목소리를 높이고 있었다.

돈 때문에 주 사장과 하룻밤을 잤든지 도움을 받았던 캐디들은
자신에게 화살이 돌아올 것이 두려워 망설이고 있었다.

하지만 주 사장 돈이 필요한 몇 명은 아직도 눈치만 보고 있었다.
그러자 엘리나가 연판장을 만들어 올리비아에게 주자
롤리타도 받아 사인을 하기 시작했다.

잠시 후 나머지 캐디들도 사인을 하기 시작했다.

캐디 100여 명 중
소피아 포함하여 9명만 사인을 하지 않았다.

올리비아는 전에 자신에게 몹쓸 짓을 한 주 사장에
복수를 하고 싶어 절치부심(切齒腐心)하고 있었는데 기회가 온 것이다.
"언니, 주 사장을 가만두면 안 돼요. 빨리 사인하세요."
올리비아는 연판장에 사인을 하지 않은 나머지 캐디들에게
재차 강요해서 사인을 받아 냈다.
그리고 연판장을 수거하면서
소피아가 연판장에 사인을 하지 않은 것을 보고 쾌씸해했다.

더군다나 캐디 언니들 중 항상 잘난 체하며
자신에게만 잔소리를 해 대는 소피아가 미웠다.
"자기는 뭐 잘났다 이거지."
올리비아는 소피아가 가증스러웠다.
대부분의 캐디가 올리비아 편이지만 소피아는 올리비아에게
"네가 꼬리를 쳤으니 주 사장이 그런 짓을 한 거야."라고 했다.
올리비아는 자신의 변명을 들어 주지 않는 소피아에게 억울했다.

오후 타임에 한국에서 온 여러 명의 갤러리가
라운딩을 시작하러 하나둘 모이자
그제야 캐디들의 논쟁이 잠시 중단되었다.

"주 사장! 내가 캐디로부터 들었는데 주 사장 큰일 났어."
"무슨 일인데요?"
"어! 캐디들이 자네를 고소했다고 하더라고."
"네? 고소요?"
주 사장은 고소라는 말에 소스라치게 놀랐다.

"응! 주 사장이 캐디들을 추행했다고 연판장을 돌려
내일 경찰서에 접수한다고 하던데."
머리가 훤히 벗겨진 나이 70 먹은 빌리지 회원인
임 사장이 걱정스러운 듯 주 사장을 바라보며 말하고 있었다.

"그러면 주 사장은 출국 정지당하고
몇 년 동안 입국이 금지되니까….
아니, 형사 건은 영영 못 들어올 수 있어.
빨리 무슨 수를 써야 하는 거 아니야?"

자신을 경찰에 고소하기 위해 연판장을 돌렸다는 소식을
듣게 된 주 사장은 잠시 생각하더니 페이스북으로
급히 레이첼을 시내 졸리비로 불러냈다.

졸리비는 맥도날드와 비슷한 햄버거 체인점인데
필리핀에서는 맥도날드나 버거킹보다 더 유명하다.

주 사장은 레이첼을 보자
준비한 지폐 2,000페소를 주머니에서 꺼내 레이첼에게 건넸다.

"레이첼! 무슨 일이야? 누가 연판장을 돌린 거야?"
주 사장은 성질을 참아 가며 콜라를 숨도 쉬지 않고 벌컥벌컥 마셨다.

"누구냐고? 연판장 돌린 년이?"
레이첼은 몸을 반 틀어
주 사장이 준 봉투를 입으로 후 불어 돈을 확인한 후
"소피아가 돌렸어요. 소피아가 그랬어."
"뭐? 소피아가?"
"그리고 죽은 루시나 아이가 주 사장님 아이라고 했어요."
"정말이야? 아니, 그년이 죽으려고 환장을 했나."
주 사장은 한국말로 내뱉었다.
"소피아는 학교 동창이 경찰에 많이 있잖아요.
그래서 그 연판장을 내일 경찰 친구에게 갖다줄 거래요."
"뭐? 이런 개같은 년!
내가 얼마나 잘해 주었는데 나를 경찰에 고소를 해?"
주 사장의 얼굴은 흙빛으로 변하기 시작했다.

그동안 소피아가 어려움에 처할 때마다 자신의 가족만큼
물심양면 도와주었는데
자신을 경찰에 고소한다는 말에 심한 배신감으로
이성을 잃어버리고 있었다.

주 사장은 더 이상 졸리비에 앉아 있을 수 없었다.
소피아에게 사실을 확인하고 싶었다.
아니, 내일 경찰서에 간다는 소피아를 막아야만 했다.

주 사장은 바로 검은색 소나타 승용차를 몰고
30분 정도의 거리에 있는 소피아 집으로 갔다.

한편으론 끓어오르는 분노를 참으려 심호흡을 하고 있었다.
"이년을 죽여, 말아!"
주 사장의 눈빛은 이제 막 떠오르는 달빛에 의하여
섬뜩하게 번쩍이고 있었다.

세부 북부 메들린은 옛날부터 수제 권총으로 유명한 곳이다.
그래서 몇 년 전, 권총 손잡이 디자인이 마음에 들어
호기심으로 수제 권총을 사 두었는데
주 사장은 이 총을 들고 나온 것이다.

어느덧 주 사장의 차가 메르세데스 골프장 길 건너에 있는
소피아 집 앞에서 요란한 브레이크 소리를 내며 멈췄다.

"소피아! 소피아!"
주 사장의 목소리는 흥분해 있었다.
아무 반응이 없자 차에 있던 소주를 병째 마셨다.
그리고는 시커멓고 커다란 손등으로 입술을 훔치면서
소피아를 계속 불렀다.

"소피아, 나와!"

세부 북부로 가는 센트럴 노티컬 중앙 하이웨이 도로는
가로등만이 희미하게 도로를 비출 뿐, 적막하기 그지없었다.

재상이와의 저녁 식사 약속에 가기 위해
샤워를 하고 있던 소피아는 자신의 이름을 부르는 소리에
타월로 머리를 말리며 밖으로 나갔다.

그곳엔 달빛 그림자에 가려진
「노트르담의 꼽추」콰지모도가 시커먼 얼굴로 서 있는 게 아닌가!

달빛을 등지고 서 있는 주 사장의 얼굴은
착하고 순수한 콰지모도가 아닌 악마의 모습이었다.

"무슨 일이에요?"
"소피아! 네가 나를 경찰에 넘기려고 연판장을 돌렸어?"
"아니, 무슨 소리예요?"
소피아는 주 사장이 하는 말에 어이가 없었다.
누가 자신을 모함한 것이라고 짐작했다.

"무슨 일이에요?"
주 사장의 말을 듣고 소피아는
우선 흥분한 주 사장을 진정시키려 하였다.

"나는 그런 거 하지 않아요.
누가 그런 줄 짐작은 가지만 말할 수 없어요."
사람의 심리란 의심이 한번 들기 시작하면 쉽게 바뀌지 않는다.

주 사장은 소피아의 말은 하나도 귀에 들어오지 않았다.
소피아가 정말 자신을 궁지로 몰아넣었다고 생각했다.

하지만 한편으로는 매사 딱 부러지는 성격의 소피아가
정말 자신을 궁지에 몰아넣은 건가?
주 사장은 다시금 판단이 서지 않았다.
하지만 아직 졸업도 하지 않고 때 묻지 않은
레이첼의 얼굴이 떠오르자 주 사장은 손잡이에 야자수 그림이 있는
총을 만지작거리고 있었다.

"저 정말 몰라요.
그리고 저하고 상관없는 일이에요.
이제 저한테 찾아오지 마세요."

그 순간 주 사장은 화가 머리끝까지 솟아올랐다.
그때 길가에 놓인 주먹만 한 석회암이 눈에 번쩍였다.

구름에 가려 겁에 질린 소피아의 얼굴이 달빛에 드러나는 순간
주 사장은 소피아의 얼굴을 향해 벼락같이 내리쳤다.

"악!"
비명 소리는 고요한 세부 북부의 적막을 날카롭게 갈랐다.
그제야 제정신으로 돌아온 주 사장은
어떻게 해야 할지 당황하고 있었다.
너무도 짧은 시간에 벌어진 일이었다.

소피아의 외마디 소리에 안방에서 자고 있던 소피아의 아버지가
본능적으로 소리 나는 방향으로 뛰어나갔다.

누군가의 발소리에 주 사장은
우선 도망부터 치기 시작했다.

코코넛나무 앞에 쓰러져 있는 자신의 딸 소피아를 발견한
소피아 아버지는 온 얼굴에 피가 범벅이 되어 신음하는
소피아를 안고 울부짖었다.

60 평생을 이곳에서, 아니 그보다 훨씬 오래전부터
사건, 사고 없는 조용한 마을이었는데,
이런 불상사가 자신의 딸 소피아에게 일어나다니
소피아 아버지는 딸을 안고 절규하고 있었다.

도망을 치면서 주 사장은
자신이 조금 더 참지 못한 것에 대하여 후회하고 있었다.
그러나 후회하면 무엇 하나. 일은 벌어진 것.
'이제 어떡하지? 어디로 가지? 경찰에 자수를 할까?'
망설이는 주 사장은
만일 이대로 자수를 하게 된다면
한국인으로서 차별적 대우를 받을 게 뻔하다고 생각했다.

그리고 열악한
이곳 필리핀 교도소는 상상만으로도 끔찍하였다.

이 모든 게 너무 후회스러웠다.
이렇게 생각한 주 사장은 우선 이 메들린을 벗어나기로 마음먹었다.

어디든 도망을 가야 하는데 어디로 가야 할지 막막했다.
우선 차에 시동을 걸었다.
그러고 보니 10년을 이곳에 살았지만 금방 떠오르는 곳이 없었다.
몇 개의 고급 식당과 술집, 유흥업소, 그리고 가끔 여자들과
잠자리를 하기 위한 호텔 이외는 가 본 곳이 없었다.

또한 주변에 마음을 터놓고 지내는
필리피노 하나 없다는 것에 대해 자신이 한심하다 생각했다.

주 사장은 돈 많은 백수 생활을 10년째 하고 있었다.
그동안 그 긴 세월을 무의미하게 보낸 것이다.
매일매일 향락에 젖어 살다가 도끼 썩는 줄 몰랐던 것이다.

인간에게 있어 일이란 매우 중요한 가치를 가지고 있는 것이다.
일은 경제적 이유는 물론 일을 통해 성취감과 관계를 넓힐 수 있다.

주 사장에게는 성취감이 사라진 지 오래되었다.
그로 인해 모든 것이 하나둘 자신을 떠나가고 있다는 사실을 잊고 있었다.

한편으로는 소피아가 많이 다치지는 않았을까?
아니, 혹시 죽었으면 어떡하지? 위협만 주려 했는데….

순간적인 감정을 억제하지 못한 주 사장은
후회가 밀물처럼 몰려오고 있었다.

사고는 쳤지만 그녀의 상태를 살피고 병원으로 데리고 가서
치료를 해 주어야 했는데 이제 때를 놓친 것이다.
이 사건은 주 사장이 뒷감당을 감당하기엔
이 머나먼 이국땅에서 할 수 있는 게 아무것도 없었다.

저녁을 함께하기로 하여 아스펜 하우스에서 기다리던 재상이는
약속 시간이 지나도 소피아가 오지 않자
그녀에게 수십 번 전화를 걸었다.
그녀의 응답이 없자 불길한 생각이 들었다.

혹시 오토바이 사고가 난 건 아닌가.
걱정이 앞을 가릴 때, 소피아 친구 마르셀에게 전화가 왔다.

"미스터 김! 빨리 소피아 집으로 오세요.
소피아가 사고가 났어요."
"무슨 사고?"
"모르겠어요. 빨리 오세요."
그녀의 목소리는 몹시 다급하고
흥분하여 떨고 있는 모습이 핸드폰 너머로 보였다.

재상이는 그녀의 집으로 가기 위해
지나가는 스쿠터를 잡으려 하였지만 이마저 쉽지 않았다.
이곳은 저녁 8시만 지나도
대중교통 수단인 트라이시클 운행이 거의 중단된다.

"메르세데스!"
"어디?"
"메르세데스!"
가끔 지나는 트라이시클에다 큰 소리로
삼백 페소를 부르자 겨우 잡을 수 있었다.

트라이시클의 불빛을 보고 달려드는 밤 벌레들.
그중 가장 큰 나방이
재상이가 앉아 있는 트라이시클 앞 유리창에 달라붙어 있었다.

문득 소피아가 한 말이 생각났다.
"큰 나방은 우리 사촌 영혼이에요."

재상이는 나방에게 말했다.
"나방!
당신이 소피아 사촌이라면
소피아를 지켜 주세요."

제발 아무 일이 없어야 하는데
불길한 예감이 자꾸 드는 것은 어쩔 수 없었다.
멀리 메르세데스 골프장 근처에서는
앰뷸런스가 비상 불빛을 깜빡이며 위급 신호를 내며 달리고 있었다.
멀리서 보아도 소피아 집이다.

구급차에는 '보고 메들린 호스피털'이라 쓰여 있었다.
구급차와 동네 사람이 모여 웅성대는 모습을 보자
심장이 빨라지기 시작하였다.
하이웨이 중앙 도로는 통제되었고 많은 사람이 웅성대며 모여 있었다.
트라이시클이 더 이상 진입하기 어려워지자
트라이시클에서 내려 소피아 집으로 뛰기 시작했다.
환자를 보기 위해 구급차로 달려갔지만
구급차는 재상이를 기다려 주지 않고 바로 떠나 버렸다.

소피아가 아니길 바랐지만
그곳엔 소피아 엄마와 언니 그리고 소피아의 아이들이
소피아를 부르며 울부짖고 있었다.

"결국 소피아였어."
재상이는 힘없이 내뱉었다.

재상이는 온몸이 축 늘어졌다.

"이게 무슨 일이야? 소피아에게 무슨 일이 생긴 거야?"

그때 캐디 친구 마르셀이 재상이를 발견하고
커다란 눈물을 쏟아 내고 있었다.

"무슨 일이에요?"
"주 사장이 소피아를 죽이려고 했어요."
"뭐? 주 사장이? 아니, 그 새끼가 왜?
지금 주 사장은 어디 있어요?"
"아마 세부로 도망가고 있나 봐요."
"그래? 마르셀 다음에 봐요."
재상이는 소피아 집 뒤뜰에 있는 자전거를 발견하고 무작정 남쪽으로
향했다.
어디에 있든 이놈을 잡아야겠다고 생각한 재상이는 페달을 밟았다.
페달을 밟으며 생각했다.
아무리 생각해도 주 사장이 소피아를 죽일 이유가 없었다.
'내가 모르는 뭐가 있는 것인가?'

한편, 주 사장은 소피아의 집을 빠져나와 숨을 곳을 찾아
남쪽으로 핸들을 돌렸다.
하지만 머릿속에 떠오른 곳은 동쪽 섬 타클로반이었다.
여객선을 타는 건 검문과 검색이 심해 위험할 거란 생각이 들었고,
개인 보트라면 돈으로 얼마든지 구할 수 있을 것이다.

우선 그곳으로 몸을 숨긴 뒤,
상황을 봐서 한국으로 돌아가야겠다고 마음먹었다.

우선 근처에 있는 폴람바토 항구를 조심스레 살펴보았다.
이곳은 인기척이 없어 경찰의 검문이 없을 거라는 생각이 들었다.
그때 그의 시야에 한 척의 작은 배가 들어왔다.
배 옆에는 '카피탄실리오(Capitan Silio)'라는 글자가
선명히 적혀 있었다. 그 이름은 낯설지 않았다.
예전에 소피아와 함께 저녁을 먹었던,
보고 시티 가이사노 마켓 옆 레스토랑의 이름이었다.

그 레스토랑의 벽에는 카피탄실리오섬의 유화 그림과
전설적인 무인도 사진들이 걸려 있었다.

그날, 소피아가 그림을 가리키며 말했다.
"혹시 이 섬의 전설을 아세요?"
"아니."

"그럼 제가 들려드릴게요.
오래전, 스페인의 정복자 바실리오 선장이
말라파스쿠아섬을 침략했는데
그는 무자비하게 많은 원주민을 학살했어요,
간신히 살아남은 이들은 작은 섬, 카피탄실리오로 몸을 숨겼어요.

하지만 바실리오 선장은 그 작은 섬까지 쫓아가
족장 다투(Datu)와 남은 원주민들마저 잔인하게 몰살했어요."

"정복자라지만 그렇게까지 할 필요가 있었을까?"
주 사장은 당시 자신이 그곳에 있었다면,
기꺼이 정의를 위해 싸웠을 것 같은 분노에 휩싸였다.

소피아는 말을 이었다.

"그 후, 바실리오 선장은 함선을 타고 막탄을 향해 떠났어요.
그 사실을 뒤늦게 안 라풀라푸 부족의 족장 '부그토산'은
분노에 휩싸여 마법의 백마를 불렀죠.

하늘을 가르며 긴 날개 달린 백마가 나타났고
그 말 위에 오른 부그토산은
바실리오 선장의 함선을 뒤쫓기 시작했어요.

그리고 마침내, 그를 발견하자
부그토산은 하늘을 향해 저주의 주문을 외쳤어요.

검은 구름이 하늘을 뒤덮고,
세상은 암흑으로 변했죠.

천둥이 울렸고, 번개가 치며
강력한 벼락 하나가 함선을 내리쳤는데

그 순간,
바실리오 선장과 그의 선원, 그리고 거대한 함선은
모두 산호초와 암초로 변해 버렸어요."

소피아는 눈을 반짝이며 말했다.

"지금도 카피탄실리오 앞바다에는
그때 바실리오의 저주받은 선박이
암초가 되어 잠들어 있다고 해요."

그녀의 이야기는 전설이 아니라,
누군가의 기억처럼 생생하게 들렸다.
"그래서 그 후 그 섬을
카피탄 실리오(Capitan Silio)라고 부르게 된 거예요."
"아, 그래."

카피탄실리오섬은 보고 시티 동쪽에 자리한 작은 무인도로,
1905년에 세워진 등대만이 묵묵히 그 자리를 지키고 있다.
오들롯 비치에서 배를 빌리면 갈 수 있지만,
사람의 발길이 거의 닿지 않는다.

언뜻 보면 도피처로 적당해 보이지만, 무인도에서 살아남으려면
누군가의 도움 없이는 적도의 태양 아래
하루도 견디기 어렵다는 생각이 들자
주 사장은 곧바로 마음을 접고 방향을 바꾸었다.

우선 도망치고 있는 주 사장부터 잡아야 한다며
캐디들이 흥분하기 시작했다.

평소 검문, 검색이 없던 메들린에 바리케이드가 쳐지고
경찰이 삼거리에서 검문, 검색을 시작하자
주 사장은 방향을 틀어 길에서 약간 벗어난 야자나무 숲에
몰고 가던 차를 버리고 빈센트 페러 성당으로 몸을 숨겼다.

이 작은 도시에서 도망자가 숨을 곳은 성당밖에 없다고
주 사장은 생각한 것이다.

10. 도망자

빈센트 페러 성당 정면에는 3개의 동상이 있다.
좌측에는 예수의 동상이 있고
오른쪽에는 성모 마리아 동상이 있다.
그리고 가운데 동상이 세인트 빈센트 페러의 동상이다.

왜 빈센트 동상이 가운데 자리를 차지하고 있는지
주 사장은 궁금했지만 누구한테도 물어볼 수 없었다.

성당 천장은 양쪽에 5개의 기둥이 받치고 있었다.
그 기둥마다 예수가 십자가를 메고 있는 고행의 그림이
액자마다 걸려 있었다.

주 사장은 예수님의 그림을 보며
자신의 죄를 용서해 달라고 빌고 있었다.

"하느님 아버지, 제가 지은 죄를 사하여 주십시오.
제가 순간 눈이 멀었나 봅니다.

저로 인하여 고통받고 있는 소피아를
고통에서 벗어나게 해 주십시오.
제가 왜 이런 일을 저질렀는지 저의 죄를 용서해 주십시오."

주 사장은 간절하게 하나님을 찾고 있었다.
기도는 드리고 있지만 다가올 앞날이 두려울 뿐이었다.

배가 고픈 주 사장은 성당 뒤 안쪽으로 들어갔다.
주방을 찾아 라이터 불을 여러 번 번쩍이며
혹시나 남아 있는 밥을 찾고 있었다.
죄는 지었지만 배고픔은 견딜 수가 없었다.

그때 아이들과 기도를 하러 온 줄리엣이 성당 뒷마당을 지나다
안쪽에서 번쩍이는 불빛 사이로 서 있는
커다란 몸짓의 주 사장을 발견하였다.

한눈에 봐도 그가 주 사장이라고 판단하였다.
커다란 몸짓에 약간 꾸부정한 모습은
어둠에 가려져 있었지만 주 사장이 틀림없었다.

메들린에는 메르세데스 골프장과 퀸즈 골프장에서 일하는
약 200명의 캐디들이 두 도시에 살고 있었다.

소피아 사건은 곧 퀸즈 골프장에도 큰 이슈가 되었고,
소피아의 친구 에벌린은 흥분한 채
메신저에 도망자를 찾아야 한다고 글을 올렸다.
캐디들 200여 명은 단톡방을 통해 정보를 공유하며
주 사장의 행방을 추적하고 있었다.

"주 사장 발견, 빈센트 페러 성당."
줄리엣은 페이스북 캐디 단톡방에 주 사장의 소식을 재빨리 올렸다.

"미스터 김."
숨 가쁘게 재상이를 찾는 문자다.

대학생 레이첼의 문자였다.
"미스터 김! 주 사장 찾았어요!"
"뭐? 어디예요?"
"빈센트 페러 성당입니다."
"어! 알았어, 고마워요."
재상이는 구글에서 빈센트 페러를 찾았다.

가이사노 마켓 앞을 지나던 재상이는
빈센트 페러 성당으로 가기 위해 다시 페달을 밟았다.

가이사노에서 빈센트 페러 성당까지는 약 400미터 거리다.

"이놈을 어떻게 잡지?"
달려가면서 방법을 찾고 있었지만 아이디어가 없었다.
하지만 그냥 손을 놓고 있을 수는 더더욱 없는 것이다.

커다란 덩치의 주 사장을 그물로도 잡기 어려울 텐데
재상이는 마음만 급해졌다.

마르셀에게 전화를 하였다.
"마르셀! 주 사장이 빈센트 페러 성당에 있어요.
경찰에 연락하세요."
"네, 우리도 페이스북 메신저 보고 벌써 경찰에 연락했어요."

재상이는 성당에 도착하자 식당부터 찾았다.
그곳에서 줄리엣이 아이를 데리고 두려움에 떨고 있었고
교인들과 주민들이 웅성대며 하나둘 모이기 시작했다.

이번 사고로 줄리엣은 소피아의 남자, 재상이를 다시 보게 되었다.
그가 얼마나 소피아를 사랑하는지 눈으로 확인한 순간이었다.

줄리엣은 그동안 한국 남자들은 모두 똑같다고 생각했다.
돈이 조금 있다고 현지 여자를 함부로 대하고,
그들의 마음을 장난감처럼 가지고 노는 사람들.
하지만 재상이는 달랐다.

그의 눈빛은 돈으로 사는 욕망이 아니라,
한 여자를 진심으로 아끼는 따뜻한 인간의 마음이었다.

줄리엣은 그가 자기 아이의 머리를 다정하게 쓰다듬으며
아이 손에 500페소를 쥐여 주는 모습에 진심으로 고마워했다.
"아니, 내가 고마워요."
재상이의 이 한마디에 줄리엣은 가슴이 뭉클했다.
그 순간, 그녀는 처음으로 한국 남자에 대한 편견을 내려놓았다.

한편, 소피아를 시기하고 질투하던 엘리나 역시 마음이 흔들렸다.
늘 자신보다 운이 좋다고 생각했던 소피아에게 미안함이 밀려왔다.
그리고 언제나 자신을 따뜻하게 대해 주고,
가난한 처지를 이해하며 들어 주었던 재상이를 위해
무언가 도와주고 싶다는 마음이 들었다.

"주 사장은 바로 세부 방향으로 도망갔어요.
아이들 때문에 주 사장에게 들켰어요."
"아! 괜찮아요."
그때 경찰 사이렌이 울리기 시작하였다.
경찰은 언제나 영화처럼 도망자가 사라진 후 나타났다.

재상이는 다시 세부 방향으로 페달을 돌렸다.
'이놈을 잡아야 하는데.'

주 사장은 식당에서 줄리엣에게 발각되자 남쪽 세부로 발길을 돌렸다.
한적한 이곳보다 사람이 많은 세부 남쪽에서 그들 속에
묻혀 있는 게 어찌 보면 더 안전하다고 생각한 것이다.

그러다 문득 까사델마가 생각났다.

'그래, 까사델마야! 내가 왜 까사델마를 생각 못 했지?'
주 사장은 메르세데스 콘도를 살 때
까사델마 리조트도 오천만 원에 함께 사 두었다.

하지만 까사델마 도로는 엉망이고
교통이 불편하여 잘 가지 않아 잊고 있었던 곳이다.

'그래, 까사델마에 숨어 있으면 조금은 안전할 거야.'
생각이 까사델마에 이르자
주 사장은 페이스북 메신저로 레이첼을 다시 찾았다.

그녀에게 음식과 당분간의 도피 물품을 지원받기 위해서였다.
하지만 이게 웬일인가?
레이첼의 메신저가 꺼져 있었다.

레이첼은 졸리비에서 흥분하여 차를 몰고 떠나는 주 사장을 보고
한편으로는 앞으로 닥칠 위험을 예견하고 있었다.

분명 주 사장이 사고를 칠 게 분명하였다.
주 사장과 더 가까이 있다가는 자신도 화를 당할 것이라 생각하여
주 사장의 메신저를 닫아 버린 것이다.
레이첼마저 자신에게 등을 돌리자 주 사장은 앞이 캄캄해졌다.

재상이는 주 사장이 남쪽으로 갔다는 말을 듣고
잠시 공사 중인 도로에 앉아 생각을 정리하고 있었다.

내가 주 사장이라면 어디로 갈 것인가?
하지만 이곳 지리에 밝지 않는 재상이는 알 수가 없었다.

예측을 하려 해도 주 사장에 대한 정보
아니, 이름 이외는 알고 있는 정보가 너무 부족했다.

이곳 메들린은 예부터 사탕수수 재배지로 유명한 지역이다.
그곳으로 향하는 길에 서면,
어른 키를 훌쩍 넘는 광활한 사탕수수밭이 끝없이 펼쳐진다.

재상이는 길가에 흩어져 있는 사탕수수 나무줄기 하나를 집어 들었다.
그리고 있는 힘을 다하여 하늘로 던졌다.

땅에 떨어진 사탕수수나무 뿌리 반대 방향이
서쪽 바다를 향하고 있었다.

서쪽 바다?
그래, 그곳은 재상이가 이곳에 처음 왔을 때
소피아와 첫 데이트를 하였던 까사델마였다.

'그래, 혹시 까사델마가 아닐까?'

언젠가 주 사장이 까사델마 리조트를 샀다는 얘기를
들은 기억이 났다.

재상이는 간절한 마음에 방향을 알고 싶어
지푸라기라도 잡고 싶은 마음에 사탕수수나무를 하늘 높이 던진 것이다.
방향을 잡고 나자 설상가상
재상이의 자전거 타이어가 찢어지고 말았다.
까사델마를 이 자전거로 가기에는 무리가 있었다.

재상이는 핸드폰으로 트라이시클 드라이버 킴을 불렀다.
킴은 소피아 학교 친구 남편이다.
그는 착하고 매우 성실한 필리핀 젊은이다.

얼핏 생김새는 한국 남자 같아 보였다.
재상이는 혹시 한국인 2세가 아닌가 물어보고 싶었다.

다행히 킴은 근처에 있다며 재상이를 태우고 까사델마로 향했다.
메들린 북부에는 택시가 없다.
트라이시클 생존을 위해 아마 정치적인 이유로 택시 영업을 못 하게 한 것 같다.

아스팔트 국도에서 비포장 까사델마로 들어서자 중간쯤 가서 트라이시클이 도로 턱에 걸렸다.
재상이가 트라이시클에서 내려 있는 힘을 다해 뒤에서 밀자 겨우 턱을 빠져나올 수 있었다.
"썰, 미안하지만 더 이상 갈 수 없어요."

"킴, 혹시 시간이 되면 나를 좀 도와줄래요?"
"무슨 일?"
"소피아를 죽인 범인이 까사델마에 있는 것 같아요.
경찰이 올 때까지 같이 있어 줄래요?"
"쏘리!"
킴이 아무리 착한 사람이지만 남의 위험한 일에
끼고 싶지 않은 건 당연한 일이다.
그는 미안한 표정을 지으며 재상이의 제안을 정중히 거절했다.

비슷한 시간대에 출발하였다면 걸어서 이곳 까사델마까지는
약 2시간 조금 더 걸릴 것이다.

이곳이 주 사장의 도피처가 맞는다면 약 3~40분 후
주 사장이 이곳에 도착할 것이다.

그를 만나면 어떻게 할 것인가?.
그에게 자수를 권할 것인지
아니면 경찰이 올 때까지 기다려야 하는지….

재상이는 사랑하는 소피아를 죽인
주 사장을 결코 살려 주고 싶지 않았다.

작은 안개등 몇 개가 하얀 3층짜리 리조트를 희미하게 비추고 있는
까사델마는 초소도 없고 울타리도 없다.

CCTV도 없는 이곳을 아무도 모르게 어두운 밤을 이용하여
스며들기에는 그리 어렵지 않다.

재상이는 까사델마 관리인 제임스가 생각났다.

제임스는 한쪽 눈을 잃어버렸다.
불편한 한쪽 눈을 가리기 위해
그는 항상 밤에도 선글라스를 쓰고 다녔다.
언젠가 선글라스를 쓰지 않은 그의 눈을 보았는데
하얀 막이 한쪽 눈을 덮고 있었다.

아마 각막염을 제때 치료하지 못하여
한쪽 눈을 잃어버린 것이라 생각했다.

하지만 제임스는 한쪽 눈과 상관없이
정상인보다 더 친절하고 다정스러운 관리인이었다.

그러한 제임스에게 도움을 청하기 위해 그를 찾았다.
"제임스?"
하지만 그가 절실하게 필요한 지금 제임스는 대답이 없었다.

까사델마 방마다 돌아다니며 제임스를 찾았지만 제임스는 없었다.
이제 거의 주 사장이 올 시간이다.

재상이는 그가 어디로 들어올까 초조하게 기다리고 있었다.
바다를 제외한 길은 2개다.
재상이가 왔던 비포장도로와
코로나19로 중단된 퍼블릭 골프장 뒷길.

하지만 그 길은 공사가 중단된 지 오래되어
숲이 정글로 변해 버렸다.
도망자가 큰길을 택할 리 없다고 생각했다.
하지만 두 길 중에서 하나를 기다리다 놓치면 낭패다.

주 사장은 결국 자신의 콘도로 숨어 들어갈 것이다.
재상이는 아예 해변 끝에 있는
주 사장의 단층짜리 콘도 뒤 에어컨 실외기 옆에서
각목을 들고 서 있기로 하였다.

그놈은 권총을 가지고 있다.
기회를 봐서 각목으로 한 번에 내리쳐야 한다.
만약 실수를 한다면 재상이의 목숨은 담보할 수 없다.

파도 소리가 점점 세지기 시작했다.
까사델마는 소피아에 대한 좋은 추억이 있는 곳이다.
이 아름다운 추억의 장소가
주 사장으로 인하여 오염되고 있다는 사실을 생각하니
재상이의 분노는 더해 가고 있었다.

기다리는 사이 핸드폰 메신저를 조심스레 열었다.
"마르셀! 경찰은 언제 오는 거야?"
"조금만 기다리세요."
"오케이."

'이놈은 언제 오는 거야?
아니면 다른 곳으로 갔나?'

힘으로는 그를 이길 수 없다. 단지 복수심만 불타고 있을 뿐이다.
이 각목으로 주 사장의 머리를 정확하게 내리쳐야 한다.

그가 아직 나타나지도 않았는데
재상이의 등에서 식은땀이 흐르기 시작했다.

아무도 없는 까사델마.
정적이 흐르는 가운데 바스락 소리만 나면
쥐고 있던 각목에 자신도 모르게 힘이 들어갔다.

주 사장이 드디어 어둠을 뚫고 희미한 물체로 나타났다.
그는 주위를 살피더니 자동차 키에 달려 있던 콘도 열쇠를 꺼내
주위를 살피면서 서서히 콘도 문을 열었다.
이때다. 이때 이놈을 내리쳐야 한다.

"주 사장!"
하지만 재상은 자신도 모르게 주 사장을 불렀다.
'이런, 낭패.'
조용히 기다렸다 주 사장의 머리를 내리쳐야 했는데
주 사장을 보자 자신도 모르게 긴장하여 이름부터 부르고 말았다.

"너, 이 개새끼, 왜 소피아를 죽인 거야?"
"뭐? 소피아가 죽었어?"

주 사장은 뒷걸음질을 치며 물어보았다.
"그래, 이 새끼야."
소피아가 죽었다는 소리에 주 사장은 소스라치게 놀라고 있었다.

"너에게 마지막 기회를 줄게! 지금이라도 경찰에 자수해."
"뭐?"

"이런 개새끼."
재상이는 각목을 높이 쳐들어 주 사장 머리를 향해 내리쳤다.

그 큰 덩치가 이렇게 빠르다니.
주 사장은 재상이의 각목을 왼쪽으로 피하면서
오른손으로 재상이의 턱에 스트레이트를 날렸다.

재상이는 지금까지 누구와 싸워서 한 번도 이겨 본 적이 없다.
싸움에는 젬병인 줄 너무 잘 알고 있었지만
자신이 죽더라도 이놈만은 살려 둘 수 없었다.

주 사장의 솥뚜껑만 한 주먹은
재상이를 거의 기절 일보 직전까지 가게 만들었다.
하지만 넘어지면서도 각목만큼은 놓지 않고 있었다.

재상이는 넘어진 자세에서 다시 힘껏
각목으로 주 사장의 다리를 내리쳤다.
"아야!"
외마디 소리를 내며 주 사장은 재상이를 덮치면서 넘어졌다.
그리고 그 커다란 손으로 재상이 목을 조르기 시작하였다.
숨이 막혔다.

재상이는 양손으로 주 사장의 손을 밀치고 벗어나려 발버둥을 쳤지만
주 사장은 꿈쩍도 없이 재상이 목을 더욱 강하게 죄어만 갔다.

피가 통하지 않는 재상이의 머리는 현실 감각이 점점 사라져 가기 시작했다.
"정신을 잃으면 안 돼요.
재상 씨, 기운을 내세요."

절박한 재상이 앞에 소피아가 나타난 것이다.
"기운을 내세요."

재상이는 다시 기운을 차리려고 눈을 떴다.
하지만 더 이상 숨을 쉬기가 어려웠다.

"이제 나는 끝이야, 소피아!
너의 원수도 갚지 못하고…. 미안해, 소피아!"

"야! 이 개새끼, 이게 다 너 때문이야.
너만 나타나지 않았어도 아무 일 없었을 거야."
주 사장은 이 모든 문제가
재상이 때문에 일어난 일이라고 소리치고 있었다.
주 사장은 악에 받쳐 더욱 재상이의 목을 누르고 있었다.

"아! 이제는 고통도 없다."
탱크에 깔린 것처럼 주 사장의 큰 덩치는
재상이가 감당하기에는 너무 벅찼다.

재상이는 슬펐다.
죽음이 두려운 게 아니라 그녀의 원수를 갚지 못하고
이놈한테 죽는다는 것이 슬플 뿐이었다.

이놈을 죽여야 하는데, 소피아의 원수를 갚아야 하는데….
나에게는 힘이 없다.
이렇게 무력할 수가.

재상이는 저 발가락 끝에 남아 있는 마지막 기운까지
끌어 올리려 하였지만 숨이 다하고 있다는 것을 느끼고 있었다.

그 순간 소피아와의 추억이 주마등처럼 스쳐 지나가고 있었다.

아름다운 반타얀섬의 영롱한 파도,
말라파스쿠아섬의 검푸른 파도를 보며
바다와 가까이 살면서 바다를 무서워하던 여인.
그리고 떨어지는 메들린 석양과 함께 아름다움을 노래했던 순간들.

이제 버틸 힘이 없다.
까사델마의 파도 소리만 들릴 뿐이다.
"재상 씨! 정신 차려!"
소피아가 인사를 하려 나타났다 사라져 갔다.

얼마나 지났을까.
의식의 끈이 마지막 파도에 휩쓸리듯 끊어졌다.

재상이의 몸이 축 늘어지는 것을 보고
주 사장은 그제야 재상이의 목을 놓았다.

사이렌 소리가 요란하다.
경찰과 구급차가 드디어 까사델마로 오고 있는 것이다.

이 소리는 분명 경찰 사이렌 소리인데.
아니야, 이 소리는 절박한 나의 심정으로 들리는 환청이야.

저 멀리 들려오는 사이렌 소리를 듣고
주 사장은 반사적으로 반대 방향을 향해 달리기 시작했다.
반대 방향은 남쪽으로, 지금은 다시 정글이 된 퍼블릭 골프장이다.
주 사장이 다시 어둠 속으로 사라지고 있었다.

다음 날 캐디 하우스에서는
소피아와 주 사장 얘기로 가득 차 있었다.
사건을 조사하기 위해 필리핀 경찰이 여러 번 왔다 갔다.

더군다나 소피아의 남자 라파엘 형이 메들린 경찰이라
주 사장을 전국에 수배 내리고 그를 쫓기 시작했다.

응급차에 실려 메들린 메디컬 센터에 도착한 재상이는
이틀 동안 의식을 찾지 못하였다.
의식이 돌아오자 온몸이 아팠다.
하지만 그보다 소피아의 안부가 걱정되었다.
간호사에게 핸드폰을 부탁하여 카톡으로 그녀를 찾았다.
"소피아, 괜찮아요?"
"네, 저 괜찮아요."
"그럼 됐어."

다행히 소피아는 얼굴과 머리에
아홉 바늘 정도의 상처만 남기고 회복이 되었다.

재상이는 소피아에게 한국으로 가서 성형 수술을 하자고 제안했지만
소피아는 그 후 재상이와 연락을 끊었다.

소피아와 소식이 끊긴 후 열흘이 지난 어느 날,
마르셀의 카톡 전화가 울렸다.
"지금 소피아가 페이스북에서 생방송을 하고 있어요.
당신 얘기를 하고 있어요.
'사랑하지만 이제 헤어져야 한다.'
라며 아주 깊은 슬픔을 말하고 있어요.
빨리 보세요."
"알았어, 고마워요."
재상은 페이스북을 열어 소피아를 찾았으나
소피아의 페이스북이 열리지 않았다.
소피아가 재상이를 거부한 것이다.

재상이는 그녀가 왜 페이스북을 차단하고 카톡을 차단했는지
그리고 왜 연락을 끊었는지 알고 싶었다.
하지만 그 후, 그녀로부터 더 이상 아무 말도 들을 수 없었다.
여자란 정말 알 수 없는 인간이다.
재상이는 무엇보다 아이가 걱정되었다.
재상이가 메들린에 가서 그녀를 만나려 하였지만
그녀는 더 이상 재상이를 만나려 하지 않았다.
재상이는 아이 소식만이라도 듣고 싶었다.

사고 당시 아이가 유산되었다는 소식을 소피아의 친구로부터
들을 수 있었지만 재상이는 소피아에게 직접 듣고 싶었다.

가슴 속에 남아 있는 눈물을 다 쓰고 나면
무엇으로 슬픔을 표현할 수 있을까?
언젠가는 그녀와 헤어질 것을 예감하였지만
막상 그녀와 헤어지고 나니 재상의 고통은 상상을 초월하였다.

재상이는 아파하고 싶은 만큼만 아파하고 일어나려 하였다.
하지만 그게 마음대로 되는 일인가?

11. 탈옥(脫獄)

이제 재상이까지 두 명을 죽인 것으로 생각한 주 사장은
이제 방법이 밀항밖에 없었다.

돈은 충분히 있다. 이제 밀항할 배만 구하면 된다고 생각했다.
폴람바토 포트에 가면 밀항선을 탈 수 있다는 말을 들은 적이 있던
주 사장은 밤길을 재촉하였다.

필리핀 세부 북부는 별빛 이외 밝은 빛을 찾을 수 없다.
주 사장은 메들린 하늘의 북극성 별을 보며 방향을 잡고 걸었다.
자신의 신세가 이렇게 처량한 걸 생각하니 눈물이 앞을 가렸다.

순간의 실수가
자신을 다시는 돌아올 수 없는 나락으로 빠뜨린 것이다.

드디어 폴람바토 항구 입구에 도착하였다.
긴 부두 시설에는 조각배 몇 개가 있고
서늘한 밤바람만 스쳐 지나갈 뿐, 사람 그림자 하나 보이지 않았다.

입구 왼쪽에 있는 단층 건물 간판이 눈에 띄었다.
밤이지만 별빛에 비친 오색의 컬러 글자가
폴람바토(POLAMBATO PORT) 라는 것을 알리고 있었다.
길 건너에는 문 닫은 가게 몇 개가 있었고
포트 어디에도 큰 배는 보이지 않았다.
아직 간조 때라 큰 배가 들어올 시간이 아니라고 생각했다.

하늘의 별빛과 작은 가로등만이 갯벌을 은은히 비추고 있을 뿐이다.
다행히 이 항구에는 경찰의 검문이 없었다.
이제 날이 밝으면 브로커를 찾아 나설 것이다.
이 항구는 아스펜 하우스에서도 멀리 보이는 항구였다.

열대 지방이지만 밤에는
차가운 시멘트 바닥에서 찬기가 올라오고 있었다.
그 바닥에 등을 기댄 채,
그는 한 줄기 빛도 들어오지 않는 창고 구석에서
숨소리마저 죽이고 오직 날이 밝기만 기다렸다.

하지만 지치고 지친 육신은 피로가 넘쳐 나고 있었다.
결국 그는 무거운 눈꺼풀을 이기지 못한 채
깊은 잠에 빠져들고 말았다.

한편, 메들린 경찰은 수색견까지 동원해 그의 행방을 쫓고 있었다.
"그놈, 멀리 못 갔어."
경찰의 촘촘한 탐문 수사 끝에,
버려진 항구 창고의 녹슨 철문이 조용히 열렸다.

"여기 있다!"
그 순간, 수갑이 그의 손에 채워졌고
차가운 포승줄이 그의 도피를 끝장내 버렸다.

세부 검찰청으로 이송된 주 사장은 결국 살인 미수 혐의로 기소되었다.
그가 소피아와 재상이를 살해하려 했다는 사실뿐만 아니라,
메르세데스 골프장에서 캐디 여러 명을 성추행했다는
고소장과 연판장까지 더해지면서 죄는 예상보다 훨씬 가중되었다.

결국 검찰은 이례적으로
주 사장을 세부 칼루나산 CPDRC 교도소로 보내기로 결정했다.
보통 외국인은 일반 구치소에 머물다 재판을 받지만,
그의 죄질이 중하다는 이유였다.

감방 문 위에 적힌 작은 한글이 눈에 띄었다.
"여기 들어오는 자, 살아서 돌아갈 생각을 말라."
이곳에 있었던 어느 한국인 죄수가 써 놓았는지

주 사장은 그 한글을 보자 오금이 저려 왔다.
벽돌 철문이 굳게 닫히는 소리가 들리자
"나의 자유는 이제 완전히 사라졌어."
공포가 휘몰아치고 있음을 주 사장은 피부로 느낄 수 있었다.

필리핀의 수돗물은 중금속에 오염되어 있어 마실 수가 없다.
치약, 칫솔, 비누, 수건 같은 기본 생필품들은
전부 사비로 사야 하고, 심지어 물조차 돈을 주고 사 먹어야 한다.
그러나 주 사장의 손에는 단 한 푼도 남아 있지 않았다.

다행이라면 다행일까.
감방 안에서 한국인 수감자 구 사장을 만난 것이다.
그에게 사정을 이야기하자,
구 사장은 높은 이자를 조건으로 돈을 빌려주었다.
"뭐로 들어왔어요?"
"네?"
"죄명이 뭐냐고요?"
주 사장이 묻자, 구 사장은 씁쓸하게 웃으며 대답했다.
"저는 마약범으로 오해를 받아 뉴 빌리비드 교도소에 있었어요.
선배 도움으로 겨우 이리로 온 겁니다."

그는 이야기를 이어 갔다.

"경찰 단속반 놈들이 제 가방에 마약을 슬쩍 넣고선
'마약범'이라며 협박했어요. 풀려나려면 2억을 내놓으라더군요.
너무 큰 금액이라 황당해서 재판을 받는 게 낫다고 생각했어요.
잘못이 없는 나는 그러면 곧 풀려날 줄 알았어요.

하지만 필리핀의 사법 부패의 심각성을 모르고 잘못 판단한 거죠.
첫 재판이 열리는 데까지 8개월을 기다려야 했어요.
그것도 판사가 개인적인 일이 생기면 재판은 다시 연기되는 거예요.
뭐 이런 나라가 있나 싶었죠.
그때 합의를 봤어야 했는데, 이 꼴이 됐죠."

구 사장은 뉴 빌리비드 교도소의 현실을 설명하였다.
"정원 만 명 감옥에 3만 명 이상이 들어가 있어요.
좁은 감방에서 스무 명씩 바닥에 눕고, 돌아눕기도 어려워요.
이 더운 나라에서 온갖 냄새, 어떤 놈은 아픈데 돈이 없어
병원도 못 가고 있어요.
감기약도, 소화제도 돈 있는 놈들만 사 먹을 수 있어요.

매일 밤 아픈 환자의 신음 소리,
그래서 매일 한두 명씩 죽어 나가는 곳이에요.
그래서 우선 내가 살려면 교도소부터 옮겨야겠다 생각하여
뇌물을 주고 이곳 세부 칼루나산 교도소로 온 겁니다.

뭐 여기 세부 교도소도 별다르지 않습니다만.
그래서 필리핀 교도소를 생지옥이라고 하는 건가 봅니다."
그는 잠시 말을 멈추더니, 작게 덧붙였다.

"하지만 필리핀 교도소는 어딜 가든 돈만 있으면 살 수 있어요.
강도, 살인자도 에어컨 달린 호텔 같은 감방에서 살고 있어요.
결국 이 나라는 죄가 문제가 아니라 돈이 죄를 결정해요."
주 사장은 조용히 듣고만 있었다.

구 사장이 갑자기 웃으며 말했다.
"아! 그리고 참고로 알아 두세요.
이곳의 지배자는 교도관이 아니라 '영 보스'인 걸요.
아주 무서운 놈이에요.
저는요, 솔직히 바퀴벌레가 더 무서워요.
처음엔 주먹만 한 바퀴벌레가
식판 위를 기어다니는데 기절할 뻔했어요.
지금은 뭐, 친구처럼 같이 지냅니다. 하하."
주 사장은 한숨을 쉬며 말했다.
"나는 여기서 하루도 못 버틸 것 같아."
그러자 구 사장이 슬쩍 몸을 기울이며 속삭였다.

"그럼 돈이 있으면 뇌물 주고 나가는 방법을 찾아보세요.
판사부터 교도관까지 제가 다 연결해 드릴게요.

소개비만 주시면 됩니다."

한국도 과거에는 공권력의 부패가 심각했다.
그러나 오랜 민주화 과정을 거치며
지금은 법과 절차가 어느 정도 작동하는 국가가 되었다.
하지만 주 사장이 있는 이곳,
필리핀의 교도소는 돈과 폭력이 아직 법 위에 군림하는 세계다.

주 사장은 가족이 보내 준 돈으로 판사를 섭외하여
가까스로 첫 재판 일정을 잡았다.
그러나 그마저도 허망하게 무산되었다.

판사가 한 달간 유럽 휴가를 떠난다는 이유였다.
그게 가능한 나라였다.
재판은 재판 일정에 의한 것이 아니라
판사의 기분과 일정에 따라 좌우되는 곳이다.

월요일 오후 운동 시간이었다.
주 사장은 다른 죄수들과 함께 운동장에 나갔다가,
어딘가 이상한 기류를 느꼈다.
운동장 한가운데에 플라스틱 의자 하나가 놓여 있었고
그 의자에는 선글라스를 낀 남자가 앉아 주 사장을 바라보고 있었다.
주위에는 험상궂은 젊은 남자들이 방패처럼 둘러싸고 있었다.

그들 중 한 명이 주 사장을 향해 손짓을 했다.
"야! 보스가 부르신다."

보스,
그는 두 달 전 전임 보스가 암으로 죽자 그 자리를 물려받은 자였다.
젊은 영 보스는 조직원을 통해 교도소 안팎의 소식을 늘 듣고 있었다.
정보는 곧 권력이었다.

주 사장은 그 부름에 이끌려 보스 앞으로 갔다.
갑작스레 마주한 보스의 존재는 묵직하고도 날카로웠다.
검게 그을린 피부, 칼날 같은 턱선,
그리고 눈빛에서는 차갑게 번지는 살기가 흘렀다.

보스의 손등에 서서히 핏대가 섰다. 낮은 목소리로 그는 물었다.
"나를 아는가?"

아침부터 세부의 태양은
이 교도소 운동장을 숨도 못 쉬게 태우고 있었다.
주 사장은 입술이 바짝 타들어 감을 느꼈다.
'이놈이, 혹시 소피아가 말했던 소피아의 남자?
첫아기 아빠가 아닌가?'
그렇지 않고서야, 이 교도소에서 자신을 처음 본 남자가
이렇게까지 적대감을 드러낼 이유가 없었다.

그는 본능적으로 직감했다.

그렇다면 이놈은 자신을 이미 알고 있을 것이고,
그의 감정은 증오보다 더할 것이라 생각했다.

라파엘의 이력은 소문이 아니었다.
그는 10년 전 고등학생 때 이미 살인을 저질렀고,
그렇게 이 세계에 발을 들여놓았다.
당시 교도소를 장악하고 있던 보스가 라파엘을 알아봤다.
"저놈은 무서운 놈이 될 거야."
그 예감은 정확했다.
라파엘은 초등학교 때부터 고등학교 때까지 항상 전교 일 등에
졸업을 하면 필리핀 유피 대학(University of the Philippines Diliman, UP Diliman)에 들어가기로 되어 있던 수재였다.

라파엘이 칼루나산 교도소에 온 지 10년쯤 되었을 때
암으로 투병하던 보스는
자신의 명(命)이 얼마 남지 않았음을 느끼고,
마지막으로 조직원을 모두 불러 모았다.
그는 가쁜 숨을 몰아쉬며 짧게 말했다.
"앞으로 이 교도소는 라파엘이 책임진다."

그 한마디로 권력의 무게는 새로운 손으로 넘어갔다.

라파엘은 곧바로 교도소 안의 질서를 자신만의 방식으로 재편했다.

전임 보스가 구축해 놓은 유통 구조는 그의 첫 번째 표적이었다.
수감자 1만 명이 매일 사용하는 생필품부터 시작해
담배와 마약, 심지어 총기류까지,
모든 흐름이 그의 손아귀로 들어왔다.

그가 장악한 것은 단순한 물건이 아니라 권력의 통로였다.
그 막대한 자금력으로 라파엘은 경찰과 교도관,
나아가 판사까지 손에 넣었다.

필리핀에서는 돈이 곧 형량이었고, 돈이 곧 자유였다.
돈의 위력은 후진국이든 선진국이든 다름이 없다.
결국 사람을 움직이는 것은 법이 아니라 돈이었다.

마음만 먹으면 적당한 돈으로 세부 교도소를 벗어날 수 있다.
그에게는 이미 출구가 열려 있었고, 자유는 그리 멀지 않았다.
보스가 된 후, 밤이면 철창 너머로 북쪽 하늘을 보며 생각했다.
'이곳을 나가 소피아와 함께 평범한 가정을 꾸리고 싶다.
따뜻한 식탁에서 아이의 웃음소리를 들으며 살고 싶다.'
며칠을 고민하고 또 고민했다.

그러나 결국 그는 교도소에 남기로 결심했다.

자신이 떠나는 순간 이곳 질서는 엉망이 될 것이다.
생전에 자신을 거두어 주고,
보살펴 준 보스와의 약속을 지키기 위해서였다.
그 약속은 단순한 의리가 아니라,
그가 살아온 세상의 유일한 질서였다.
그에게 이곳은 감옥이 아니라 왕국이었다.

라파엘은 천천히 입꼬리를 올리면서 말했다.
"가 봐."
"네?"
"가라고."

주 사장은 그 명령에 한 발도 움직이지 못하고 서 있었다.
라파엘이 의자에서 일어나 더 낮게, 더 가까이 다가오며 말했다.
"너를 단번에 죽이지는 않을 거다. 서서히, 고통스럽게 죽일 거야."
그의 말은 칼날이었다.

그날 이후로 주 사장의 심장은 조금씩 말라 갔다.
밤이면 식은땀이 등줄기를 타고 흐르고, 낮이면 숨이 자주 막혔다.
공포는 하루하루 그를 갉아먹었다.
그럴수록 그의 가슴에서 더 큰 소리가 울렸다.
'살고 싶다.'
그는 단순한 욕망이 아니라 절박한 생의 신호처럼 그 말을 되뇌었다.

주 사장은 속으로 중얼거렸다.
'여기서 살아남는 방법은 단 하나뿐이다.
구 사장을 통해 빨리 재판을 받고 다른 곳으로 옮기든지,
아니면 탈옥을 해야 한다.'

가족이 보내 준 돈은 구 사장을 통해 판사에게 전달되었다.
뇌물을 쓰면 재판 기일을 원하는 대로 잡을 수 있다.
이것이 공공연한 필리핀의 현실이었다.

다시 잡힌 재판 기일.
그러나 그 결과는 주 사장의 기대와 정반대였다.

라파엘이 물밑에서 판사에게 입김을 넣었다.
그리고 판사는 아무런 망설임도 없이 형량을 선고했다.

"국적: 대한민국
이름: 주광모
죄수 번호: CPDRC-2025-9934
죄목: 살인 미수 및 성추행 혐의
징역 30년을 선고한다."

재판정에 울려 퍼진 그 한 문장은,
마치 쇠망치처럼 주 사장의 머리를 내리쳤다.

그는 순간 다리에 힘이 풀려 그대로 쓰러질 뻔했다.

주 사장은 한국에서 형(刑)을 살고 싶었다.
그러나 필리핀과 한국 사이의 범죄인 인도 조약은
그의 기대를 산산이 부서뜨렸다.
바로 한국으로 이송은 불가능하였다.
필리핀에서 선고된 형량을 다 채운 이후에야 이송이 가능하였다.
즉, 필리핀 감옥에서 30년을 버틴 후에야
한국 땅을 밟을 수 있다는 뜻이었다.

60이 넘은 그의 나이.
30년 뒤면 그는 거의 백 살 노인이 되어 있을 것이다.
아니, 그 전에 라파엘의 손에 죽을 게 뻔하였다.
그날 밤, 주 사장은 결심했다. 더는 미룰 수 없었다.

'탈옥. 그거밖에 길이 없다.
여기서 죽을 수는 없다.
나는 한국으로 돌아가야 한다.'
그러나 단 하나의 문제가 있었다.
그의 일거수일투족은 이미 라파엘의 조직이
교도관보다 더 철저하게 감시하고 있었다.
감방에서 눈을 뜨는 순간부터 화장실을 가도, 운동장에 나가도,
그가 움직이는 모든 순간은 누군가의 시선 속에 있었다.

'어떻게 빠져나갈 것인가. 이대로는 불가능하다.'
하지만 동시에 또 다른 생각을 하였다.

'그래 방법은 있을 거야. 감옥도 인간이 만든 시스템이다.
시스템이 있는 곳엔 반드시 길이 있다.'
주 사장은 마음속으로 외쳤다.
'이 감옥에서 나가지 않으면,
나는 여기서 죽는다.'
밤마다 머릿속에 환풍구, 쓰레기 수레, 교도소 트럭의 동선,
그리고 교도관의 교대 시간표….
그 모든 것을 퍼즐처럼 그는 머릿속으로 정리하고 또 정리하였다.

그러던 어느 날.
9월 30일 밤 9시경, 어디선가 땅이 흔들리는 진동이 시작되었다.
처음엔 바닥이 가볍게 흔들리는 듯했으나,
땅이 파도를 치듯 흔들렸다.
곧 교도소 전체가 지축을 흔드는 진동에 휘청이기 시작했다.

"지진(Earthquake)이다!"
누군가 외쳤고,
다음 순간 콘크리트 벽이 쫙쫙 갈라지기 시작했다.
천장에서 콘크리트 파편과 먼지가 비처럼 쏟아지고,
철창이 울부짖는 듯 삐걱거리며 흔들렸다.

7.4의 강진이 세부 교도소 전역을 공포로 휘감았다.
그리고 그 진동의 진원지는 메들린 보고 시티였다.
지진 설계가 되어 있었다지만 건물은 종이보다 더 힘없이 무너졌다.
여진이 계속 대지를 흔들고 있었다.

수감자들은 각자 공포에 질려 사방으로 도망쳤고,
간수들도 자신들의 생명을 먼저 챙기느라
더 이상 죄수들을 통제할 수 없었다.

전기는 끊기고, 조명은 깜빡이다 꺼졌다.
전기가 끊긴 교도소는 비상경보가 전혀 울리지 않았다.

완전한 암흑 속,
절규와 비명이 뒤섞인 혼란의 한가운데에서
주 사장은 탁자 아래 몸을 숨기고 상황을 살피고 있었다.

기회였다.
아니, 이건 하늘이 내린 천국의 문.
그러니까 탈출의 문이었다.
지진, 이는 누군가에겐 비극이지만 다른 누군가에겐 기회인 것이다.
그는 머릿속에 새겨 넣은 탈출 경로를 되새기며
숨소리도 죽인 채 벽 쪽으로 달렸다.
콘크리트 잔해 속, 뿌연 먼지가 앞을 가렸지만

그는 오직 '살아남아야 한다'는 본능 하나로 내달렸다.

이제 살인자들이 수감된 헬 블록(Hell Block)만 지나면 된다.
이곳은 라파엘이 있는 감방이다.
이곳을 지나다 라파엘을 만나게 된다면 모든 게 수포로 돌아간다.
하지만 이곳을 지나지 않고서는 이곳을 탈출할 수 없다.

이 건물 역시 처참하게 무너져 철골 뼈대 몇 개만이 남아 있고
죄수들은 살려 달라며 아비규환이었다.

무너진 복도, 갈라진 벽 틈 사이를 지날 때
주 사장은 외마디 소리를 내고 말았다.
라파엘을 만난 것이다.

하지만 라파엘은 무너진 교도소 철골 사이에 가슴이 박혀
숨을 쉬는 것조차 고문같이 고통스러워하고 있었다.
그는 육체적 고통 속에서도 주 사장을 바라보며
가늘고 옅은 소리로 소피아를 부르고 있었다.
"미스터 주! 소피아!"

라파엘이 마지막 힘을 짜내 이름을 부르는 동안,
주 사장은 아무 말 없이 그를 내려다보았다.
눈빛에는 연민도, 죄책감도 없었다.

마치 불필요한 잡음을 듣고 있는 사람처럼,
표정 하나 변하지 않았다.

'아니야.'
주 사장은 너무 처참하여 제대로 볼 수 없었다.
그는 라파엘보다 자신의 안위가 중요했다.
고개를 돌렸다.
그리고 오래전부터 눈여겨보던 환풍구를 발견하고
그리로 발길을 돌렸다.
피 묻은 무릎, 베인 손바닥, 쇠창살 틈을 기어서 가는데
쥐가 옆구리를 스치고 지나가도 그는 멈추지 않았다.
죽느냐, 사느냐. 그것밖에 없었다.

십여 분을 그렇게 기어 나갔을 때,
코끝에 바깥 공기의 냄새가 스쳤다.
자유의 공기였다.

폐기물 저장소 근처 뒷벽을 돌파하고
무너진 철조망 사이로 맨몸을 던진 주 사장은
결국 탈출에 성공한 것이었다.

하지만 안타깝게 세부 교도소의 붕괴 속에서
라파엘은 결국 사망했다.

그의 감방 위로 붕괴된 콘크리트 더미가 그대로 쏟아졌고,
누구보다 강했던 그는 마지막 비명도 남기지 못한 채
차가운 잔해 속에 묻혔다.
그때 주 사장은 깨달았다.

사람의 목숨은,
결국 하늘에 달려 있다는 것을.

눈앞에서 건물이 무너지고,
대지가 흔들리며 모든 것이 끝난 듯한 그 순간에도
자신은 살아 있었다.
숨을 쉬고 있다는 것조차 믿기지 않았다.
오히려, 이렇게까지 살아남았다는 것이 기적이었다.

한때 죽고 싶었던 날들이 있었다.
모든 것을 놓고 싶었던 날들도 있었다.
하지만 그때는 죽을 수 없었고,
모두가 죽음 앞에 놓인 혼란 속에서
혼자 기적처럼 살아남은 것이다.

목숨이라는 건, 내가 쥐고 있는 것 같지만
정작 내 것이 아닌지도 모른다.

하늘이 허락하지 않으면 죽을 수도 없고,
하늘이 부르지 않으면 살아남을 수도 없다고 생각했다.

라파엘이 지진으로 죽었다는 소식을 듣고
소피아는 잠시 실신하였다.
정신을 차린 후, 그 사람의 아들, 큰애와 함께
4시간이 넘게 걸리는 버스를 타고
단숨에 교도소로 달려갔다.
그의 죽음은 소피아에게 단순한 상실이 아니었다.

그것은 그녀의 삶 전체를 흔들어 놓는 사건이었고,
한편으로는 오랫동안 마음속에 지고 있던 짐을
내려놓게 한 순간이었다.

그의 시신은 메들린 병원 옆에 있는 공동묘지로 옮겨졌다.
그녀는 통곡했다.
가슴속 깊이 숨겨 두었던 죄책감과 후회, 미련과 애정을
모두 쏟아 내며 오열했다.

라파엘은 단순한 '아이 아빠'가 아니었다.
그는 소피아 자신의 죄를 대신 짊어지고 감옥에 간 남자였고,
그로 인해 소피아는 10년 넘는 세월을
가난과 편견 속에서 아이들과 함께 버텨야 했다.

그를 원망한 적도 있었다.
하지만 그녀는 알고 있었다.
라파엘이 없었다면, 지금의 아이들도,
자신이 지켜 온 삶도 존재하지 않았으리라는 것을.

그가 철창 속에서 죽었다는 소식을 들었을 때,
가슴속 어딘가에서 고요하게 무너져 내리는 소리를 들었다.

하지만, 그 후에 찾아온 건
의외로 해방감이었다.

10년이 넘게 그를 면회 갈 때마다 느껴야 했던 죄인의 심정,
그의 옥바라지를 위해 자신의 몸을 팔아야 했던 순간들,
다른 남자 앞에서 감추고 숨겨야 했던 과거,
모든 무거운 짐이 그의 죽음과 함께
조용히 그녀의 삶에서 사라지고 있었다.

슬픔은 깊었지만,
그 슬픔은 더 이상 그녀를 옭아매는 사슬이 아니었다.

이제, 그녀는 과거가 아닌 미래를 향해,
그 누구의 그림자도 아닌 '소피아' 자신의 이름으로
살아갈 수 있는 시간을 갖게 된 것이다.

하지만 그녀는 라파엘의 이름을 잊지 않을 것이다.
그의 희생도, 사랑도, 눈빛도, 잊지 않을 것이다.

그렇지만 그러한 모든 것이
그렇게 하루하루 기억 속에서 사라지고 있었다.

지진 이후 주 사장을 본 사람은 없었다.
주 사장이 밀항에는 성공했는데 컨테이너 안에 숨어 있다가
적도의 열기로 인하여 죽었다는 소문이 들렸다.
그게 주 사장의 마지막 소식이었다.

12. 카르마

그해 가을 코스모스가 한들한들 바람에 힘겨워하고 있을 때
핸드폰이 울렸다. 철식이었다.

오랜만에 운동을 하러 가자고 하여
서울 근교에 있는 골프장을 아침부터 친구들과 찾았다.
전반 홀을 끝내고 그늘집에서 막걸리 하나를 시켜 놓고
화장실에 들어갔다가 재상이는 몸이 얼어 버리고 말았다.

얼핏 봐도 세부 메르세데스 골프장 회원 주 사장이었다.
엉거주춤한 그의 몸짓은
「노트르담의 꼽추」콰지모도 주 사장이 틀림없었다.

머리가 쭈뼛 솟더니 소름이 온몸을 덮쳤다.
입술까지 얼어붙어 무슨 말을 할 수가 없었다.
'아니, 이 미친놈!'

그는 밀항선을 타고 가다 분명 죽었다고 들었는데
이게 어떻게 된 일이지?
더군다나 주 사장은 재상이와 눈이 마주쳤는데도
전혀 모르는 사람처럼, 전혀 상관없는 사람처럼
아무런 말 한마디 없이 밖으로 나갔다.

재상이는 정신이 나간 상태로 그를 쫓아 밖으로 따라 나갔다.
하지만 더 놀라운 일이 벌어졌다.

어디서 낯이 많이 익은 여자가 화장실에서 나오자마자
주 사장 팔짱을 끼는데,
비록 커다란 선글라스가 그녀의 얼굴을 가렸지만
그 여자는 바로 재상이가 그렇게 만나고 싶어 몸부림치던
소피아가 아닌가?

잠시 후 그들은 아무 흔적도 없이 승용차를 타고
재상이 눈에서 사라져 버렸다.
재상은 그들이 떠난 후에도 한참 동안 멍하니 서 있었다.

"아! 여기 있었어? 왜? 무슨 일 있어?"
"아니야~"

한동안 재상이는 소피아에게 집착하고 있었다.
집착은 인간을 고통 속에 빠트린다.
집착에서 벗어나야 한다는 것을 알지만
그게 그리 쉽지 않은 것이다.

재상이는 집착에서 벗어나기 위해 한동안 술에 의지하며 살았다.
술과 슈베르트의 음악은 재상이를 더욱 슬프게 만들었다.
그녀를 처음 만났을 때 운명과도 같다고 느꼈던 순간들.
세레나데.

인연이 있어 소피아를 만나 새로운 인생을 시작하였지만
인연이 다하여 헤어지게 된 것인데
재상이는 그 짧은 인연을 버리지 못하고 있었다.

일도 할 줄 모르는 그녀가 무엇으로 이 세상을 살아갈 수 있을까?
사실 그녀에 대한 걱정이 집착으로 이어진 것이다.
하지만 이제 돈 많은 주 사장을 만났다면 그나마 다행이라 생각했다.
그녀에게 하고 싶은 한마디가 있었는데
그 말은 끝내 하지 못한 게 아쉬웠다.

이제 인연이 있다면 다시 만날 것이다.
이것은 운명과도 같은 것이다.

사랑은 바라는 것이 아니라,
그저 주고 싶은 마음에서 시작되는 것이다.
모든 인연은 운명처럼 찾아오지만,
그 운명을 어떻게 받아들이느냐는 결국 자신의 선택인 것이다.
때로는 붙잡는 용기보다 놓아주는 용기가 필요할 때가 있다.

그날 밤, 재상은 스스로에게 다짐했다.
이제는 집착에서 벗어나야 한다고.
숨 가빴던 삶의 속도를 잠시 멈추고, 고립된 생각에서 벗어나기로.

그러나 아무리 마음을 돌려도,
눈을 감으면 떠오르는 건 언제나 필리핀 세부의 태양이었다.
그 깊고 푸른 바다는 아직도 그의 눈 속에서 살아 움직였다.
그에게 세부는 단순한 여행지가 아니었다.
그곳은 사랑이 시작되고 끝난 장소,
그리고 다시 자신을 찾아가야 하는 운명의 자리였다.

가고 싶다.
그래 가자! 가 보자!
이제 마지막으로 가는 거야!

재상이는 더 이상 지체하지 않고 인터넷을 열어
필리핀 세부 항공권을 예약하였다.

그리고는 작은 여행 가방 하나를 들고
인천 제1 공항 터미널 공항 철도에 올라탔다.

311

세부의 여인

1판 1쇄 발행 2025년 12월 10일

지은이 황인호

교정 주현강 **편집** 차민정 **마케팅·지원** 이창민

펴낸곳 하움출판사 **펴낸이** 문현광
이메일 haum1000@naver.com **홈페이지** haum.kr
블로그 blog.naver.com/haum1000 **인스타** @haum1007

ISBN 979-11-7374-247-7(03810)

좋은 책을 만들겠습니다.
하움출판사는 독자 여러분의 의견에 항상 귀 기울이고 있습니다.
파본은 구입처에서 교환해 드립니다.

이 책은 저작권법에 따라 보호받는 저작물이므로 무단전재와 무단복제를 금지하며,
이 책 내용의 전부 또는 일부를 이용하려면 반드시 저작권자의 서면동의를 받아야 합니다.